世界名著名译文库

柳鸣九 主编

奥斯丁集　朱虹 编选

沙地屯

〔英国〕简·奥斯丁 著　常立　车振华 译

上海三联书店

"世界名著名译文库"总序

柳鸣九

我们面前的这个文库,其前身是"外国文学名家精选书系",或者说,现今的这个文库相当大的程度上是以前一个书系为基础的,对此,有必要略作说明。

原来的"外国文学名家精选书系",是明确以社会文化积累为目的的一个外国文学编选出版项目,该书系的每一种,皆以一位经典作家为对象,全面编选译介其主要的文学作品及相关的资料,再加上生平年表与带研究性的编选者序,力求展示出该作家的全部文学精华,成为该作家整体的一个最佳缩影,使读者一书在手,一个特定作家的整个精神风貌的方方面面尽收眼底。"书系"这种做法的明显特点,是讲究编选中的学术含量,因此呈现在一本书里,自然是多了一层全面性、总结性、综合性,比一般仅以某个具体作品为对象的译介上了一个台阶,是外国文学的译介进行到一定层次,社会需要所促成的一种境界,因为精选集是社会文化积累的最佳而又是最简便有效的一种形式,它可以同时满足阅读欣赏、文化教育以至学术研究等广泛的社会需要。

我之所以有创办精选书系的想法,一方面是因为自己的专业是搞文学史研究的，而搞研究工作的人对综合与总结总有一种癖好。另一方面，则是受法国伽利玛出版社"七星丛书"的直接启发，这套书其实就是一套规模宏大的精选集丛书，已经成为世界上文学编选与文化积累的具有经典示范意义的大型出版事业，标志着法国人文研究的令人仰视的高超水平。

"书系"于 1997 年问世后，逐渐得到了外国文学界一些在各自领域里都享有声誉的学者、翻译家的支持与合作，多年坚持，惨淡经营，经过长达十五年的努力，总算做到了出版七十种，编选完成八十种的规模，在外国文学领域里成为了一项举足轻重、令人瞩目的巨型工程。

这样一套大规模的书，首尾时间相距如此之远，前与后存在某种程度的不平衡、不完全一致、不尽如人意是在所难免的，需要在再版重印中加以解决。事实上，作为一套以"名家、名著、名译、名编选"为特点的文化积累文库，在一个十几亿人口大国的社会文化需求面前，也的确存在着再版重印的必要。然而，这样一个数千万字的大文库要再版重印谈何容易，特别是在人文书籍市场萎缩的近几年，更是如此。几乎所有的出版家都会在这样一个大项目面前望而却步，裹足不前，尽管欣赏有加者、啧啧称道者皆颇多其人。出乎意料，正是在这种令人感慨的氛围中，北京凤凰壹力文化发展有限公司的老总贺鹏飞先生却以当前罕见的人文热情，更以真正出版家才有的雄大气魄与坚定决心，将这个文库接手过去，准备加以承续、延伸、修缮与装潢，甚至一定程度的扩建……

于是，这套"世界名著名译文库"就开始出现在读者的面前。

当然，人文图书市场已经大为萎缩的客观现实必须清醒应对。不论对此现实有哪些高妙的辩析与解释，其中的关键就是读经典高雅人文书籍的人已大为减少了，影视媒介大量传播的低俗文化、恶搞文化、打闹文化、看图识字文化已经大行其道，深入人心，而在大为缩减的外国文学阅读中，则是对故事性、对"好看好玩"的兴趣超过了对知性悟性的兴趣，对具体性内容的兴趣超过了对综合性、总体性内容的兴趣，对诉诸感官的内容的兴趣超出了对诉诸理性的内容的兴趣，读书的品位从上一个层次滑向下一个层次，对此，较之于原来的"精选书系"，"文库"不能不做出一些相应的调整与变通，最主要的是增加具体作品的分量，而减少总体性、综合性、概括性内容的分量，在这一点上，似乎是较前有了一定程度的后退，但是，列宁尚可"退一步进两步"，何况我等乎？至于增加作品的分量，就是突出一部部经典名著与读者青睐的佳作，只不过仍力求保持一定的系列性与综合性，把原来的一卷卷"精选集"，变通为一个个小的"系列"，每个"系列"在出版上，则保持自己的开放性，从这个意义上，文库又有了一定程度的增容与拓展。而且，有这么一个平台，把一个个经典作家作为一个个单元、一个个系列，集中展示其文化创作的精华，也不失为社会文化积累的一桩盛举，众人合力的盛举。

面对上述的客观现实，我们的文库会有什么样的前景？我想一个拥有十三亿人口的社会主义大国，一个自称继承了世界优秀文化遗产，并已在世界各地设立孔子学院的中华大国，一个城镇化正在大力发展的社会，一个中产阶级正在日益成长、发展、壮大的社会，是完全需要这样一个巨型的文化积累"文库"的。这是我真挚的信念。如果覆盖面极大的新闻媒介多宣传一些优秀文化、典雅情趣；如果政府从盈富的财库中略微多拨点儿款在全国各地修建更多的图书馆，多给它们增加一点儿购书经费；如果我们的中产阶级宽敞豪华的家宅里多几个人文书架（即使只是为了装饰）；如果我们国民每逢佳节不是提着"黄金月饼"与高档香烟走家串户，而是以人文经典名著馈赠亲友的话，那么，别说一个巨大的"文库"，哪怕有十个八个巨型的"文库"，也会洛阳纸贵、供不应求。这就是我的愿景，一个并不奢求的愿景。

2013 年元月

目　录

沙地屯

常立　车振华译

第一章

　　一位绅士和夫人从唐布里奇^①出发旅行，去位于海斯汀斯^②和伊斯特波恩^③之间的苏塞克斯^④海岸那边，有一件事情使得他们离开了大路，拐入一条羊肠小道。他们在半是岩石半是沙子的漫长坡道上深一脚浅一脚地艰难跋涉，结果不幸弄得车翻马趴——事故地点正好就在这条小道附近唯一的那幢绅士邸宅以外——这幢府邸，他们的车夫就是被要求直奔着它的方向来的，他以为那就是他们的目标，满脸露出最不情愿的神气，非常勉为其难地把车驾了过去。说真的，他一开始就嘟嘟囔囔的，还老耸耸肩膀，一边不住地可怜着他的那几匹马，一边又不住地狠狠地抽它们。如果那条路不是不容置疑地变得比以前要难走得多了，就不得不使人怀疑他是有意要让他们翻倒的（特别是因为这辆卡利基马车^⑤并不属于他的主人）。上面提到的那所邸宅的地界刚一

---

　　① 在英格兰东南部肯特郡。

　　② 位于东南英格兰的东苏塞克斯，为旅游胜地，背后的悬崖峭壁形成了一道高大的屏障，有四点八公里长的海滨散步空地，多个公园，海水浴海滩。由于海斯汀斯战役（1066年，诺曼人征服英格兰）而著名。

　　③ 郡级自治市，位于英国南方，在东苏塞克斯。是一个旅游胜地，在其海边有一处三英里长的台地式散步场。

　　④ 英格兰南部郡名，现已划分为东、西两个郡。

　　⑤ 这是一种载人马车，分一匹马拉、两匹马拉和三匹马拉几种。

被超过去——他就露出一脸最自命不凡的万事通的表情，声称再往前走除了卡特车①其他什么车的轮子都休想能安全无事。好在他们走得慢路又狭窄，他们摔得还不太厉害。那位绅士已经爬了上来并且也把他的同伴拉了出来，他们两人起初谁也没有发现骨折或是擦伤。但是那位绅士在往上爬的过程中不慎扭伤了脚——随即就觉得疼了，因此不得不很快就中止了他对车夫的抗议和对妻子的以及他自己的祝贺——他坐在路边一动也不能动。

"这儿有点儿不对劲儿，"他说，把手放在脚踝上，"不过没关系，我亲爱的——"抬起头看着她微微一笑，"要是路好走一些，你知道，就不会发生这样的事了。福祸相因。这应该是意料之中的，也可能我们是在劫难逃。咱们很快就有救了。——就在那儿，我揣摩我疗治的希望就在那儿。"他指着一幢外观齐整的别墅的尽头，那幢别墅从密林深处露出来，建造在一处高地上，显出几分罗曼蒂克的情调，"那所房子难道不就是给予我们希望的地方吗？"

他的妻子心急火燎地希望就是那地方，但是还是站着，吓得瑟瑟发抖焦虑万分，既不能帮忙也不能提出任何有用的建议。这时她看见有几个人正在跑来帮忙，心里才开始真正感到踏实了一些。这场事故是那些人在经过与大宅毗邻的苜蓿地时发现的，走过来的这些人中有一位长相英俊绅士模样的健壮男子，此人约莫四五十岁，是这块产业的主人。当时他正好在跟晒草工人一块儿干活，他们中最能干的三四个人现在就紧紧跟着主

---

① 这种车多为载物用。

4

人，更不用说地里面其他的人了。男人，女人，还有孩子们，都没有落下多远。

黑伍德先生，这是前面提到的那位业主的名字，大步流星地向他们走来，一边彬彬有礼地打招呼——对事故非常关心——由于想不到竟有人敢乘卡利基马车在这条路上一试身手，不免感到几分惊讶——马上就提出要帮忙。他的谦恭殷勤被对方以很有教养的举止和感激之情接受了，即刻就有一两个工人伸出了援助之手帮着马车夫把马车重新扶正了。那位旅行者说："您真是太帮忙了，我完全相信您的好意。——我腿上受的伤我敢说并不要紧，不过在这种情况下不失时机地听取一下外科医生的意见永远都不失为上策；眼下看样子这条路的状况不够好，并不适于我自己走着去找医生，如果您能派您手下的随便哪一位好心人去请一下医生，那我一定对您更加感谢不尽。"

"外科医生，先生！"黑伍德先生回答，"恐怕您在此地连一位外科医生也找不到，不过我敢说没有他我们也可以干得很好。"

"不，先生，如果找医生本人不方便，他的助手也一样——那更好。说真的，我情愿找他的助手——我情愿让他的助手给我包扎伤口。我相信您这些好人中只要去上一个，用不了三分钟就会把他找来了。我无需问我是否看见了那幢房子（朝着那幢农舍看着），因为除了您自己的，在此地我们再也没有看见别的房子能够配得上一位绅士住的了。"

黑伍德先生显出非常吃惊的样子，回答说："什么，先生！您指望着在那所农舍里找着一位外科医生？在我们这个教区①里

---

① 主教管区下有自己教堂和牧师的基层单位。

既没有外科医生也没有医助,我向您担保。"

"请原谅,先生。"那一位回答,"对不起,我这副样子活像是故意要跟您过不去似的——虽然由于教区太大或者别的什么原因,您可能不清楚某些情况——且住——难道是我搞错了地方了吗?这地方不是威灵敦吗?"

"是的,先生,这地方确实是威灵敦。"

"那么,先生,我可以出示证据证明贵教区有一位外科医生——不管您知道不知道。您瞧先生(掏出了他的袖珍记事本),如果您肯赏光稍稍浏览一下这些广告,这是我自己从《晨邮报》和《肯特郡①时事报》上剪下来的,就是昨天早晨在伦敦——我想这下子您可以相信我不是在信口开河了吧?您可以在这上面发现一则广告,先生,在医疗栏,是宣告解除合伙关系的——就是在您这个教区——医术全面——无可怀疑的证明书——由体面人出具的推荐信——希望自立门户——您可以自己看一看,这上面写得详详细细的,先生。"递给他两张长方形的小剪报。

"先生,"黑伍德先生露出一副好好先生的笑容说,"即使您给我拿出来整个王国一个礼拜印刷的所有报纸,您也不能使我相信在威灵敦曾经有过一个外科医生,因为我一生下来就住在这儿,从小到大现在已经五十七岁了。我觉得我应该认识这么一位医生,至少我敢斗胆说他的业务一定不怎么发达——确实是,如果绅士们都能经常乘着驿马车光顾这条羊肠小道,那么对于一个外科医生来说,在山顶上造一所房子倒也不失为一笔不坏的投资。然而说到那所别墅,我向您保证,先生,事实上那是——

---

① 在东南英格兰,位于泰晤士河河口和多佛海峡之间。南端有肥沃的威尔德。是伦敦周边的主要郡县之一,商品蔬菜栽培中心。

（尽管从这么远看它表面上挺漂亮的——）其实跟本教区里的任何一座双户住宅大同小异，我的牧羊人住在一头，三个老太太住在另一头。"

他说着就接过了那两张纸条，看完了以后又补充说："我相信我能解释这件事了，先生。您的错误在这儿，在这个国家里有两个威灵敦——您这张广告指的是另一个——是大威灵敦，还有威灵敦－艾伯茨①，离这儿有七英里，是在白特尔战役区②的另一边——威尔德地区③的最南部。而我们呢，先生，（相当自豪地说）并不在威尔德。"

"不是在威尔德的南部，我相信，先生，"旅行者快乐地回答，"让我们花了半个小时爬您这座山。嗯，先生，我敢说就是您说的这么回事，是我犯了一个愚不可及的大错误。全怨我心血来潮；我们到了城里，在刚要离开的前半小时才注意到那则广告；那会儿一切都是急急忙忙乱乱哄哄的，在这种情况下永远都是没有多少时间仔细考虑的——人们老是做不完事情，您知道直到马车已经到了家门口了才算了结——因此我只是简单问了一下就觉得没问题了，接着就发现我们实际已经在某一个威灵敦地区穿行了一两英里了，我就没有再往前探路……我亲爱的——（跟他的妻子说）我很抱歉，自讨苦吃，把你带到了这种尴尬的境地。不过别为我的腿不安。只要我不动就一点儿也不痛——

---

① 原注，在伊斯特波恩附近有一个真的威灵敦，但是大威灵敦和威灵敦－艾伯茨都是虚构的。

② 位于东苏塞克斯，是农村地区。原为沼泽地，兴起于海斯汀斯战役的地点（白特尔与战役一词谐音）。

③ 英格兰东南部的一片地区，以前森林密布，现为农业区。

等到这些好人儿把马车整修好，等到他们让马儿回心转意改弦易辙了，我们所能做的最好的事情就是向后转，退回到收税路①上去，继续前进，直奔海尔歇姆，然后就到家了。再也不往远处走了——两个小时我们就能到家，从海尔歇姆——只要我们到了家，你知道我们马上就能有救了——只消我们自己的海边那么一点点清爽的空气马上就能使我重新站起来。你相信我好啦，我亲爱的，这确实是只有海边才能解决的问题。有盐分的空气和全身浸泡在水中才是我真正需要的。我的感觉已经告诉我了。"

黑伍德先生在这时以一种最友好的举止插了一句话，恳求他们千万别想赶路，一定得等到检查过脚踝的情况，适当地休息一下再说。他非常和蔼地再三挽留他们去他家休息养伤。

"我们家什么都不缺，"他说，"一般救治擦伤扭伤的药一应俱全，而且我敢担保，能够竭尽全力为您及这位夫人效劳会让我的妻子和女儿们感到高兴的。"

一阵一阵锥心刺骨的疼痛，在这位旅行者试着挪动他的那只脚时，使得他考虑，正如他开头所想的，索性接受现成的援助能够带来的益处，于是就说了下面那句话征求他妻子的意见："唔，我亲爱的，我相信这样做我们要更好些。"又转向黑伍德先生，说："在我们接受您的好意之前，也是为了避免造成哪怕是一点点坏印象，您已经发现了我那种追赶野鹅似的徒劳无益的傻劲儿，恐怕已经给您留下了坏印象——请允许我向您通报我们的身份。我叫帕克，沙地屯的帕克先生；这位夫人，是我的妻子

---

① 原注，收税路是大街，干道，通过关栅门向使用道路者征税。这种制度是十七世纪时引入英国的，所收过关税用以维修保养大街，干道。在这一时期许多道路的状况仍然很糟糕。

帕克太太。我们这是从伦敦返家途中；我的名字也许——虽然我绝不是我们家族的第一号，却也在沙地屯教区广有地产，可能在远离海滨的此地无人知晓，但是沙地屯其地——人人都听说过沙地屯，是旅游热点——作为一个新兴的正在开发的海滨浴场，当然是沿苏塞克斯海岸所有那些刚刚发现的旅游点中最热门的了——最受大自然宠爱的，而且有望成为人们旅游的首选之地。"

"是的，我听说过沙地屯，"黑伍德先生回答，"每隔五年，就会听说有新的地方或是别的什么名堂在海滨崛起，渐渐成为时髦——这些地方若能塞满一半人也就够神的了！到那些地方去的人都是既有金钱又有时间的闲人！对于一个国家来说真乃大不幸；必定会使得食品价格上涨，对穷人一点儿好处也没有——我敢说您能发现，先生。"

"根本不是这么回事，根本不是！"帕克先生热情洋溢地喊道，"完全相反，我向您担保。您这是一种普遍的看法，不过却是错误的。您刚才说的可能适用于你们这种地域辽阔杂草蔓生的地方，像是布莱顿①啦，或者沃尔星②啦，还有伊斯特波恩啦，然而绝不适用于像沙地屯那样的小村子。它本身的面积之小就决定了它可以免于遭受文明造成的任何祸害。相反，该地区的发展，楼台屋宇、苗圃绿地的出现，对于各种需求的增长，都激发了穷人勤勉干活，给他们带来种种改善，使他们的生活普遍变得

---

① 也译作布赖顿。享有特权的郡级自治城市，在英格兰东南部。现为英国南方最大、人口最多的旅游胜地。过去是一个小渔村，从1783年以后成为威尔士亲王（后来的乔治四世）的保护地和最时髦的旅游地，当地建有皇家展览馆等壮丽的建筑。

② 是自治市，位于英国南方，在西苏塞克斯。是一个海滨旅游点，气候温暖怡人，蔬菜水果丰盛。当地有许多史前时代和古罗马的遗迹。

舒适。该地是名副其实的疗养地，在那里您可以找到最好的伙伴，因为那里的人家都是规规矩矩、靠得住的，那里的人绝对有教养，有好名声，他们无论在哪儿都造福于一方——不，先生，我向您担保，沙地屯绝不是一个——"

"我并不是有意要以偏概全一概而论，先生，"黑伍德先生说，"我只不过是觉得我们的海滨已经被这些东西塞得够满的了——但是如果我们现在不先把您——"

"我们的海滨现在挤得满满当当的，"帕克先生重复道，"在这点上也许我们并不是完全不一致的；至少已经足够了。我们的海滨已经够热闹的了，不需要再增加旅游点了——适合各种品味和各种财力的人——至于那些好心人，他们力图再增加旅游点的数目，在我看来是过于荒谬了，他们马上就会发现他们自己的一孔之见让他们上了当。像沙地屯这样的地方，先生，可以说是符合天时地利应运而生的——是得天独厚的宝地——如果用最有学问的字眼说——在海岸边吹拂着最和煦最纯净的海风——这是世所公认的最出色的浴场，质地精良的粗沙，离海岸十英尺的深水，没有污泥，没有野草，没有黏糊糊的岩石——天底下再也找不到比这更好的像是专门为病残之人设计的疗养地了。这正是成千上万的人需要的那种地方。距离伦敦不远不近，真是太理想了！比伊斯特波恩正好近一英里。只要想一想，先生，在长途旅行中，节省一英里路程的好处。但是说到布林肖海滨，先生，我敢说您很清楚——有两三个搞投机生意的人想打布林肖的主意。去年这个时候，修建了那个破破烂烂的小村庄，就在两片光秃秃的沼泽地之间，一边是荒凉的石楠荒原，一边是一年四季散发着恶臭的连绵起伏的海草，他们最后除了两手空空什么也

10

得不到。明眼人一眼就能看得出来，布林肖到底有什么可取之处呢？对身体极其有害的空气，路是天下闻名的难走，水是前所未有的咸，在方圆三英里之内要找到一杯能喝的茶那简直比上天还难——说到那儿的土质，又硬又没有肥力，简直连一棵卷心菜也长不出来。我说的全是实话，先生，这是对布林肖的可靠描绘，一点儿也没有夸张——如果您以前听到的和这不一样的话——"

"先生，我这辈子还从来没听人说起过那地方呢。"黑伍德先生说，"我过去根本不知道世界上竟有这样的地方。"

"您真的没听说过！瞧，我亲爱的（欣喜若狂地转向他的妻子），你瞧是怎么一回事。这就是那闻名遐迩的布林肖！——这位绅士竟然不知道世上还有这么个地方。嗯，说真的，先生，我们不妨把诗人柯珀①描写那位笃信宗教的雇工郎的诗行用到布林肖，正好和伏尔泰②相反——'她，从来没听说过超过她家半英里以外的地方的事情'。"

"先生，我诚心诚意地——您喜欢引用谁的诗就请尽管引用，但是我想看看对于您的腿最适合的是什么。从尊夫人的脸上我看出来她完全同意我的意见，认为再继续浪费时间就太遗憾了——这不，瞧，我的女儿们来了，她们一定是前来表示她们自己及她们的母亲都愿意提供帮助。"现在能够看见两三个有大家风度的

---

① 柯珀（1731—1800）：也译作考柏。英国诗人。患有不时发作的精神抑郁症。赞美乡村生活和自然风光，诗风朴素平易。代表作为长诗《任务》和抒情短诗《白杨树》。

② 伏尔泰（1694—1778）：法国启蒙思想家，作家，哲学家。主张开明的君主制，信奉英国哲学家洛克的经验论，两次被捕入狱，后被逐出国。著有《哲学书简》，哲理小说《老实人》，悲剧《伊扎尔》等。

年轻女子后面还跟着好几个女仆，从大宅里鱼贯而出，"开头我还以为这阵骚乱不一定会让她们听见呢。这种事情在我们这种穷乡僻壤往往会弄得家喻户晓的。先生，现在咱们看看怎么样把您抬到屋子里才最妥当。"

那几位年轻女士走近了，你一言我一语地说得都很有分寸，使得她们父亲的建议听上去切实可行；她们绝无一点儿矫揉造作，一心要想让陌生人不要感到局促不安。而这时帕克太太急得像热锅上的蚂蚁似的想让她丈夫赶快得救——她丈夫那份儿焦急这时候也和她不相上下——因此稍微客气谦让几句也就足够了，特别是马车现在已经给弄正了，发现掉进沟里的那一侧被碰坏不能拉人了。帕克先生因此就让人抬着进了大宅，而他的马车则是被推着轮子滚进了一座空着的谷仓。

第二章

　　这两家人就这样彼此认识了，虽然开始时挺尴尬，但是他们的相识既不是短暂的也不是无足轻重的。因为这对旅人在威灵敦整整待了两个礼拜。帕克先生的扭伤结果被查明很严重，不宜过早行动。他落到了好心人手中，受到了非常好的照顾。黑伍德氏系德高望重之家，夫妻两人为人都平实质朴和蔼可亲，都对伤员无微不至地嘘寒问暖。男的亲自照拂伤员端汤奉药，女的则是温存备至软语款款，不住地安慰伤员为他鼓气。每一殷勤好客和友谊的表示也都被对方以恰当的方式接受了，因为一方的关爱之意与另一方的感激之情是不相上下的——哪一方都不乏文雅怡人的举止，在这两个礼拜的时间内他们处得非常好，都越来越喜欢对方了。

　　帕克先生的性格和身世很快就向他们披露了。关于他自己，凡是他能说明白的，他都娓娓道来；他这人非常直率，所以就连一些可能他自己也不甚了了的情况，他的谈话仍然能提供有关信息，能让黑伍德夫妇注意到。因此在如下的议题上能让人觉得出他是一个热情洋溢的人：比方说沙地屯，沙地屯这么一个小小的时髦的浴场是他百谈不厌的话题，好像是他赖以生存的生活目标似的。就在几年以前，沙地屯还是一个名不见经传的平平静静的小村庄；但是其自然环境和地理位置的优越性以及几件偶然的事件忽然使他灵机一动，而其他几位为首的领主也和他一样，看到了眼前是一笔有利可图的投机生意。他们说干就干，制订规划，进行修建，大造声势，大造舆论，结果使沙地屯身价陡增，变得小有名气——是故帕克先生现在三句话不离沙地屯。

事实是，在更加直率的交谈中，他向他们吐露了他差不多三十五岁，早就结婚了，结婚已经七年了，过得非常幸福美满，家里还有四个可爱的孩子。也就是说他的家庭是一个体面的家庭，虽然说不上富甲一方，可家道殷实，生活过得也是满舒适的。他没有职业——作为家庭的长子，他继承了家里的财产，那是两三代人经营和积累起来留给他的。也就是说，他还有两个弟弟和两个姐妹，全都自立了，可全都未婚——事实上，他的大弟弟继承了旁系亲属的财产，和他一样生活得很体面。

他离开大道不走，去打听一位刊登广告的外科医生，其目的也都如实道来：并非出于医治他的脚踝扭伤的考虑，也不是想到有这样一位外科医生可以给他随时医治外伤，也不是（例如黑伍德先生一开头随便猜想的）要与那位医生建立某种合作关系；其初衷只不过是要在沙地屯安置一名医务人员，就是那则广告的内容引诱得他期待能在威灵敦实现他这一愿望。他相信有一名医生近在手边这一优越条件，一定能极大地促进该地区的繁荣，会带来许多实际好处——事实上前程看好一定能使他财源滚滚；除此以外其他什么都不需要了。他有足够的理由相信有一家人去年没能来沙地屯就是因为这个缘故，而且可能还有很多人家也是如此；还有他自己的妹妹们，她们都不幸疾病缠身，他迫切希望能在今年夏天把她们弄到沙地屯来，然而她们却不敢孤注一掷贸然前往一个她们得不到便捷的医疗服务的地方。

大体上说，帕克先生显然是一个温和厚道、顾及家庭的人，他钟爱妻子、孩子、弟弟和妹妹们——他看起来心地善良——慷慨大度，有绅士风度，知足常乐——性情快活，自信豁达，不过他的想象力要高于他的判断力。而帕克太太显然也是一样的温文尔雅，厚道善良，脾气平和，是一个悟性极高的男人的最规规矩矩的妻子，但是却缺乏提供比较冷静的意见的能力——那正是她自己的丈夫有时需要的。所以她在每一件事情上对丈夫都是唯唯诺诺，无论是他拿着自己的财产去冒险还是扭了他的脚踝，她都是一样的一无用处。

　　对于他来说，沙地屯是他的又一个妻子和四个孩子——对他来说简直是差不多的宝贵，而且当然还要更加让他操心费神。一提到沙地屯他就滔滔不绝，简直成了他生活的最高目标；不仅是因为那是他的出生地、那里有他的祖产、那里是他的家，沙地屯就是他的金矿、他的一张巨额彩票、他的一张最大的司派克投机①王牌，就是他须臾不可离身的马形道具②，沙地屯就是他的事业、他的希望和他的未来。他极为渴望吸引他的威灵敦的好朋友们都到那里一游；他在游说这件事上所花的那番努力，是非常至诚毫无私欲的，非常让人感动。

　　他想要得到他们前来拜访的许诺——他自己的府邸能招待多少人他就要请多少人去，就跟他一道去沙地屯能多早就多早——而且他们家的人都显而易见地很健康——他已经预料到他们中的每一个人肯定都能大大受益于海边的空气。他坚信不疑

---

　　①　一种纸牌戏，参加者竞买最大的王牌，以求赢得赌注。
　　②　跳莫里斯化装舞者或哑剧演员等腰间所系，用柳条等轻质材料扎成的马形道具，舞时给人以跨其上而行的感觉。

的是，没有一个人能真正感到良好，没有一个人（由于偶然的运动，外表上一时看起来无论是多么的气色不错和身体健康）能够真正永葆一直健康的状况，如果他一年中不去海边至少消磨六个星期的话。海滨的空气再加上海水浴对于每个人来说几乎都是必不可少的，这二者中无论哪一项对于胃部、肺部的任何不适或是血液问题都是攻无不克的；它们有抑制痉挛，抗肺部感染和抗菌防腐的功能，还能抗胆道疾病，抗风湿。只要到了海边没有一个人会得感冒，没有一个人会胃口不好，没有一个人会萎靡不振，没有一个人会觉得体衰力亏。他们会痊愈，会减轻症状，会放松情绪，会变得身强力壮，会振作起精神——他们都会如愿以偿——不是这个病好了就是那个病好了。如果海风没能奏效，海水浴就是当然的调理药剂；如果海水浴不对症，光是那清凉的海风显然也是大自然设计的治病良方。

　　然而他的这一番高谈阔论还是未能奏效。黑伍德先生及夫人是从来不出门的。他们俩结婚很早，有一个人口众多的家庭，他们的行动早就只局限于某一个小圈子了；他们俩在习惯上比在年龄上还要衰老。一年中除了去两次伦敦，去取回他的红利，黑伍德先生从来也不让他的双足或是他的那匹饱经沧桑的驽马带他去更远的地方，同样黑伍德太太的冒险活动也只不过是偶尔去她的邻居们的家做客，就是乘上那辆旧马车——在他们新婚燕尔时是崭新的，十年前他们的长子达到成人年龄时又重新油漆了一遍。他们的财产相当可观，足够他们花的了，只要他们一直精打细算，他们完全过得起符合绅士身份的不乏变化的享乐奢华的生活——这一笔财产本来足够让他们体体面面地养得起一辆新马车，改良改良道路，偶尔去唐布里奇-威尔士待上一个月，以及在发现痛风症的症候时去巴思①待上一个冬天；但是十四个孩子的日常需要、教育以及服饰装备却要求他们恪守一种非常宁静、安定和精打细算的生活日程，使他们不得不安于在威灵敦过一种健康的生活。

他们开头是出于审慎的考虑给自己下了许多禁令，年长日久已经成了习惯让他们感到很自在。他们从来也不离开家，而且他们在说到这一点时还流露出心满意足的神情，但是他们绝非希望他们的孩子也和他们过一样的生活，他们很乐于鼓励孩子们尽可能地走出家门去见见世面。他们在家里生了根，可是他们的儿女可以出去；他们一方面把家里治理得很舒适，同时也欢迎任何一项变化以便使他们的儿女能建立起有用的联系结识一些体面的人。因此当帕克先生夫妇不再敦请一次全家倾巢而出式的出访时，就把他们的意向限定在了只带走一个女儿跟他们一道回去的范围内。这一邀请使得皆大欢喜，当然就被接受了。

他们的邀请是向夏洛特·黑伍德小姐发出的，她芳龄二十二岁，是一位讨人喜欢的女郎，是家里的大女儿，而且是这样一个人：她忠心地执行母亲的指令，特别能干，满足大家的一切需求；大部分时间一直都是她在照拂着大家，是她对他们最了解。夏洛特要走了——她身体非常健康——她可以去洗海水浴，而且如果可能，最好还能——由于那几位她将要与之一道去旅行的人的感恩图报之心——去接受沙地屯能够供给的每一种快乐，还

---

① 英国西南部之一城市，不列颠的主要冬季疗养地，拥有英国唯一的天然温泉。公元一世纪罗马人在此发现了天然温泉，修建了配备冷热调节系统的豪华澡堂。撒克逊时代该城被毁，古罗马澡堂被埋在地下，到1775年才被首次发掘出来。在十八世纪时巴思出现了许多重要的宏伟建筑，成为最时髦的温泉疗养地。

要去图书馆①为她自己以及妹妹们购买新阳伞、新手套和新的胸针。帕克先生是急切渴望大家都能去为他的图书馆捧场的。

黑伍德先生被游说得做出了承诺，谁要是要求去沙地屯观光他都会打发他们去，但是什么东西都不能诱使他，哪怕是只花五个先令就去一趟布林肖海滨。

---

① 原注，此处是指巡回图书馆，是十八世纪末叶以及十九世纪初期的社会生活中一个很重要的特色，特别是在浴场和矿泉区。这种图书馆是一个时髦的社交场合，到1800年，大不列颠有一千多个。从书中可以看出，它们不仅出借图书，而且还出售各种消遣娱乐场所的入场券，以及各种日用商品，例如封蜡，五花八门的廉价首饰，当地产的贝壳装饰品和陶器造型。许多图书馆还附设有分部，出售彩票，举行音乐娱乐活动——虽然沙地屯的图书馆似乎还不至于这么繁荣和粗俗。

第三章

　　每一个居民区想必都有一位了不起的夫人。沙地屯的这位了不起的夫人，则是丹海姆爵士夫人；在他们从威灵敦到海滨的旅途中，帕克先生已经给夏洛特做了一番比之以前在她被问到时要详细得多的介绍。在威灵敦时，出于需要此人经常被提到，因为她是他做投机事业的同道，如果不介绍丹海姆夫人，那么沙地屯本身是没有多少好谈的。丹海姆夫人是一位富有的老太太，她已经埋葬了两任丈夫，她深谙金钱的价值，她德高望重，有一位穷侄女和她生活在一起，这些都是众所周知的事实，但是更进一步地介绍她的历史和性格，会有助于减轻在漫长的山坡上爬行的无聊，以及在一段险路上跋涉的劳顿，还能给那位前去做客的年轻女士吹吹风，让她适当地了解她可能期待与之竟日盘桓的那个人的一些情况。

　　丹海姆夫人过去是一位富有的布利利吞小姐，天生有钱，可是并没有受到多少教育。她的第一任丈夫是某一位豪里斯先生，居住在乡间，拥有一笔可观的财产，包括在沙地屯教区内的一大块地方，由采邑和豪华的邸宅组成。当年她嫁给他时他已垂垂老矣；她自己那时则是三十岁左右。她缔结这样一门婚姻的初衷到底是什么，由于这已是四十年前的往事，因此几乎鲜为人知。不过由于她对豪里斯先生一直呵护备至，曲意逢迎，因此他在身后将每一样东西都留给了她——他的全部地产财产，全部由她随意支配。过了几年寡居生活之后，她禁不住诱惑再次嫁人。这位已故的哈利·丹海姆爵士，是沙地屯居民区内丹海姆园的主人，他成功地将她本人及她的大笔进项都迁移到了他自己的势力范围内，但是他却没能成功地做到使他的家庭永远富足。这责任全在他。而她则一直是明察秋毫事无巨细无一不管——哈利爵士亡故后她又回到了她自己在沙地屯的家。据说她曾经跟一位朋友拿这件事情夸口说，虽然她从那家只得到了个封号，其他什么也没有得到，可是她却是无偿地得到这个封号的。

至于那个贵族封号，人们都猜忖她就是为了这个才再醮的——帕克先生承认从表面情况看这一封号确实还是有点儿用的，比方说使她的一举一动都得到了合乎常情的解释。"有时候她有点儿……"他说，"显得自视甚高，不过倒还不让人讨厌；还有在某些场合下，在某些事情上，她对于金钱的追求过于热心了。但是她确实是一个性格温厚的女人，一个心地非常好的女人，一个非常爱帮忙的、非常讲交情的邻居，一个性格快乐、独立不羁的奇人。她的缺点可能全都怪她少年时代缺少教育。她很有人情味，然而相当粗野。她生气勃勃头脑敏捷，对于一个七十岁的老妇来说她的体格也是相当强健的，她宝刀不老地投身于沙地屯的开发利用，其精神着实令人赞叹不已，虽然时不时地会显得小里小气的。就我所知她的眼光放得不够远大，老是看见眼前的一点儿破费就大惊小怪，而想不到一两年以后她将会得到什么样的回报。就是说——我们考虑得不一样，我们时不时地对事情的看法是不同的，黑伍德小姐。那些讲他们自己故事的人，你知道，你必须长点儿心眼。听他们讲——当你看见我们接触时，你就能自己做出判断了。"

　　丹海姆夫人确实是一个远非寻常的社会规范所能衡量的了不起的女性，因为她以后每年会有大笔大笔的钱遗赠予人，赠予对象分成了三拨不同的人：第一拨是她自己的亲戚，他们可能很有理由希望在他们中间平分她自己原有的三万镑；第二拨是豪里斯先生的法定继承人，他们肯定应更多地指望她本人的正义感，而不是寄希望于他原本允许他们企盼于他的正义感；第三拨是丹海姆家族的那些成员，她的第二任丈夫曾经希望能为他们成交一笔好交易。她无疑早就，而且仍然继续受到他们全体，或者是他们中部分人的猛烈攻势。说到这三拨人，帕克先生毫不迟疑地说豪里斯先生的亲戚是最不吃香的，而哈利·丹海姆爵士的亲戚则是最受宠爱的。前者，他相信，是搬起石头砸自己的脚，败局已定，无可挽回。因为在豪里斯先生故去的时间这一问题上，他们显得非常不明智，颇有微词，出言不逊；而后者，由于沾了乔列她当然很器重的一个家族的余绪的光，再加上从他们孩提时代起她就对他们很熟悉，他们老在她周围团团转，有足够的理由得到她的注意，使得他们得以维护他们的利益。爱德华爵士，现任男爵，哈利爵士的侄儿，长年住在丹海姆园；因此帕克先生几乎不怀疑，他和他的妹妹丹海姆小姐——她就和他住在一起——一定会在老太太的遗嘱中被首先记起。他真诚地希望如此。丹海姆小姐有一份少得可怜的供给，她那位哥哥就其社会地位来说也是个穷人。

　　"他是沙地屯的一位挚友——"帕克先生说，"如果他有能力，那他帮助人会一掷千金，因为他心地善良慷慨大方。他会成为一名高贵的副主教！实际上，他总是说干就干——他三下两下就搭起一座很雅致的奥尼式小农舍①，就在丹海姆夫人授予他的一小块荒地上，我毫不怀疑我们很快就会看见想要租用的人会蜂拥而至，甚至不等这个季节结束。"

直到十二个月之前，帕克先生还认为爱德华爵士是无可匹敌的人伦雅范，他认为他是继承老太太必然会放手的那部分较大的财产的最佳人选，可是现在突然又冒出来另一个人，据称也有权继承那部分财产。此人属于那拨年轻的女亲戚，丹海姆夫人早就被引诱得将她们接纳进了她的家庭。长期以来老太太就一直反对将任何人增加到继承人的名单中，她经常挫败她的亲戚们的企图，将这位或是那位年轻小姐引到沙地屯府里来为她做伴。在享受到节节胜利之后，就在去年的米迦勒节②，她从伦敦带回来一位布利利吞小姐，这位姑娘品格端方，才华出众，足以与爱德华爵士争宠，以确保她自己及她的家庭能够得到那份她们当然最有权利继承的累积得越来越多的财富。

帕克先生对克莱拉·布利利吞赞不绝口，由于这一角色的引入，使得他的故事越来越引人入胜。夏洛特现在不光是觉得好玩儿——她充满了好奇和渴望，听得津津有味，她听见这位小姐被描摹得这么可爱、迷人、文雅、谦逊，她的表现始终如一，显示出她具有非凡的头脑，显然是由于她固有的气质和美德使她得到了她的保护人的青睐——美貌、可爱、贫穷和寄人篱下，并

----

① 原注，这种农舍其实并非真的农舍——换句话说，不是劳动者住的农舍，而是中产阶级用于隐居的外观典雅的小房子，通常有法式窗户和游廊。这种建筑兴起于当时追求景色如画的建筑风格的时尚；其目的，如建筑学百科全书所言，是把室内的舒适与外部的别致的效果结合起来。

② 米迦勒节：9月29日，英国四个结账日之一。雇用用人多在此日，租约也多于此日履行。

不需要一个男人再发挥什么想象力了。除了正常的例外，女人对于女人的同情往往是非常迅捷地油然而生的——他列举了种种细节说明克莱拉是如何得以被允许进入沙地屯的，这件事可以说明在他眼中丹海姆夫人的性格是一个多么奇妙的混合体，小气鄙俗，可是又心地善良，有头脑，有时甚至还很慷慨开通。

　　在避开伦敦多年之后，主要就是因为这帮侄儿侄女们，他们一直坚持不断地写信，邀请她去做客，把她折磨得不得了。这帮人她本来决心要与他们保持一段距离的，可是后来她不得不在去年米迦勒节时去了一趟伦敦，原本以为她在那儿至少得待上两个礼拜。她去了那儿，起初在一家旅馆下榻——据她自己说是尽可能地节约开支，因为这样一个舒适安逸的地方，花费是出了名的昂贵，她一定要顶住。她打算在三天头上取来账单，好估摸一下她的财力。结果是账单上的数目使得她下了决心不在这家旅馆再多待一小时。她气得火冒三丈心烦意乱，一心以为她是在那家旅馆被大大地宰了一通。她也不知道到底去哪里比较好，一气之下不管三七二十一就离开了那家旅馆。就在这时，那帮侄儿男女们，那帮精明狡猾的走运的侄儿男女们，他们好像永远都在侦察着她的行踪，就在这一重要的时刻前来自我介绍了，了解了她的处境，竭力劝说她暂时将就一下，屈尊光临他们那间位于伦敦一隅非常简陋的寒舍，度过那余下的时间。

　　这样她就去了；她受到了每一个人的热烈欢迎，他们对她殷勤备至曲意奉承使她感到很受用——她出乎意料地发现原来她的这帮布利利吞侄儿男女们都是些挺好的人——最后她私下里打听到他们收入拮据入不敷出，于是脑子一热就邀请这家的一位姑娘跟她回沙地屯去过冬。她先邀请一位姑娘去跟她住上六个月，如果有可能再让另一位姑娘来代替这位姑娘；也就是在挑选这位姑娘时，丹海姆夫人显示出了她性格中好的一面——在将这家的姑娘们的实际情况一一考虑过之后，她选择了克莱拉，一位侄女——她更孤苦伶仃，当然也就比其他人更值得怜悯了，她一无所有寄人篱下，她是一个负债累累的家庭的额外的负担，她还是这样一个人，从世俗的观点来考虑，她无论从哪一方面来说都低人一等，因此虽然她有着天赋的才能和魅力，她也只能准备接受一个比当保姆好不了多少的前途。

克莱拉跟老太太一块儿回去了。由于她头脑精明品格端方，她现在显然已经牢牢地获得了丹海姆夫人的欢心。六个月早就过去了，但是没有片言只字吐露出来说是要换个姑娘来，也不见有其他的改变。克莱拉得到了上上下下的人的喜欢；她的稳重平和，她的温文尔雅，使每一个人都如沐春风。她初来时人们在某些方面对她抱有的偏见现在都烟消云散了。她被认为品格高尚值得信任——作为丹海姆夫人的良伴非她莫属，她被认为能够引导和软化丹海姆夫人——她将可能使老太太扩大见识，变得大方起来。她之亲切和蔼不下于她的秀丽美貌，而且由于他们沙地屯的微风的滋润，她之秀美现在更是完美无缺了。

第四章

"这房子看上去挺隐蔽的，是谁家的呀？"夏洛特问，他们这时正在经过距离大海不出两英里的缓缓下降的低地，一幢不大不小的府邸近在咫尺，府邸四周的树篱密不透风，修剪得整整齐齐，菜园里生机盎然，果园里果实累累，草坪上绿草如茵，为这一住所生色不少。"这儿看起来和在威灵敦一样蛮舒适的。"

"哦！"帕克先生回答，"这是我的老宅，我的祖先们的房子，我和我的弟弟妹妹们就在这所房子里出生长大，我自己的三个大孩子也在这所房子里出生——直到两年前帕克太太和我还在这所房子里住着，直到新房子落成，我们才搬走。我很高兴你喜欢这所房子。这是一座远近闻名的老屋，希利尔把它管理得井井有条。你瞧，我已经把它让给了主管我的大部分田产的那个人。他因此得到了比较好的房子，而我呢，则是情况比以前变得好得多了！——再翻过一道山我们就到沙地屯了——现代化的沙地屯——一个美丽的地方。我们的祖先们，你知道一向都是在山洞里修房子的。就在这儿，我们过去被圈在这个小小的偏僻隐蔽的角落里，呼吸不到新鲜空气，也见不到美景，仅仅只是距离壮丽浩瀚的海洋一又四分之三英里，被夹在南面的海角和陆地的尽头之间，却沾不上一点儿海洋的光。等咱们到了特拉法尔加府，你就不会以为我这个交换不上算了。那所房子，顺便说一句，我几乎希望我并没有将它命名为特拉法尔加①，因为滑铁卢②现在听起来更合适。不过滑铁卢是要留待后用的。如果我们今年得到了足够的赞助，投资修建一座小型新月形楼房（因为我相信我们一定会的），那么，我们就可以把它命名为滑铁卢新月楼——这个名字再加上楼房的外形，这一点永远是奏效的，就能使我们将房客们牢牢地掌握在手心里。碰上了合适的季节，我们一定会招徕比我们所能预想的更多的主顾。"

"这所房子住着一直都很舒服，"帕克太太透过后窗户看着那座老宅，爱慕的口吻中流露出了几分遗憾，"而且有这么一个美妙的园子——这么出色的一个园子。"

"是的，我亲爱的，不过也许可以说我们随身带上了它。它一如既往，现在仍然给我们提供我们所需要的一切水果和蔬菜；我们现在事实上享有一个出色的菜园子所提供的一切方便，同时也免得整日价看见那些有碍观瞻的东西；也闻不到每年蔬菜烂了令人作呕的气味了。谁能受得了十月份满地的卷心菜呢？"

"噢！亲爱的，是的。我们现在的蔬菜水果供应得很充分，和以前一样——因为如果万一没有得到及时供应，我们总是可以在沙地屯府买到我们需要的东西。那府上的园丁，很高兴满足我们的需要。不过过去孩子们在那里玩耍得多开心啊。到了夏天，那里面可真凉快啊！"

---

① 在直布罗陀海峡西端的特拉法尔加角，位于西班牙的西南海岸，1805年10月21日，在纳尔逊的领导下不列颠舰队大败法国和西班牙的联合舰队。这次战役因此被称为特拉法尔加战役。

② 滑铁卢：比利时中部城镇，1815年拿破仑在此被英国和普鲁士联军大败，英国方面的统帅是威灵顿。

"我亲爱的，我们在山上也会有足够的阴凉的，用不了几年就会有让你受用不尽的阴凉；我的小树林的生长速度真令人吃惊。在这期间我们有帆布凉棚，可以使我们在室内完全感到很舒服——你任何时候都可以在怀特比商店里给小玛丽买到一把阳伞，或者是在杰伯商店里买到一顶大凉帽，至于男孩子们，我必须说我宁愿他们在阳光下跑来跑去而不是躲在阴凉里。我相信我们俩的意见一致，我亲爱的，希望我们的孩子们尽可能地锻炼得能吃苦耐劳。"

"确实是，我相信我们看法一致——我要给玛丽买一把小阳伞，这样会使她的自我感觉很良好。她打上它散步该有多么庄重啊，她一定会想象自己是一个小大人了。噢！我一点儿也不怀疑我们在现在这个地方过得要比过去好得多了。如果我们中任何人想要洗澡，用不了四分之一里路就走到了。但是你知道（还是回头看），人们总是喜欢看看老朋友，看看一个你曾经在那里生活得很幸福的地方。希利尔家去年冬天似乎根本没有觉得那场暴风雨有多厉害。我记得在一个可怕的夜晚过后我看见过希利尔太太，我们躺在床上被摇晃得睡不成觉时，她却好像根本不觉得那风暴有什么异样。"

"好了，好了，你好像已经说够了吧？我们好歹也领略了风暴的全部壮观的气势，同时也并不真那么危险，因为在我们的房子周围，风暴没有碰到什么阻挡或者是限制，就只不过是玩闹玩闹寻寻开心然后就溜之乎也；可是在低处，在这个小沟里，在森林的覆盖之下，根本就不知道刮风是怎么回事。住在这里的人可能会浑然不觉，然而在峡谷里只要有一股可怕的气流，那危害可就要严重得多了，那可要比大风暴刮过旷野时还要厉害呢。不过我亲爱的，说到蔬菜水果什么的——你刚才一直在说万一偶尔有个欠缺，丹海姆夫人的菜园子是可以满足我们的供应的，然而我忽然想到碰到这种情况我们可以到其他别的地方去——老斯特林吉父子更需要主顾。我鼓动他动手搞起来，可我又担心他搞不好。就是说，现在还没有足够的时间。毫无疑问他将来会干得很好，但是万事开头难；所以我们得尽量帮助他，所以万一碰巧需要买什么蔬菜水果，隔三岔五的缺这少那并不为过；只要有一点点弥补，那个可怜的老安朱就不会丢掉他的日常工作了，只要我们是到斯特林吉家去买我们所消耗的大部分蔬菜。"

"很好，我亲爱的，那很容易，而且厨师正巴不得这样呢！那会让她很高兴的，因为她现在总是在抱怨老安朱，说他拿来的东西从来都不是她需要的。瞧那儿，老房子已经过去很远了。那是什么？你弟弟说是个医院的那地方？"

"噢，我亲爱的玛丽，他只不过是开了一个玩笑。他假装要劝我把它改造成一座医院。他假装要嘲笑我所进行的种种改良。西德尼总是信口开河，这你是知道的。他老是想说什么就说什么，想跟谁说就跟谁说。大部分家庭里都有这么一个成员，我相信，黑伍德小姐。大部分家庭里都有这么一个人，才能出众，性格快活，天生就肆无忌惮，善于高谈阔论。而在我们家里，这么一个人就是西德尼；这小伙子非常聪明，最有本事讨人喜欢。他老是周游世界，根本不能安顿下来；那就是他唯一的缺点。他不是在这儿就是在那儿，到处都能看见他。我希望我们能把他弄到沙地屯来。我应该让你认识他。他一定能使本地生色不少！像西德尼这么好的青年，仪表堂堂地站在时代的风头，你和我，玛丽，很清楚会产生什么效果：就会让许多可敬的家庭，许多精明的母亲，许多漂亮的女儿，对我们这里趋之若鹜，一定能砸了伊斯特波恩和海斯汀斯的生意。"

他们现在正在接近教堂了，还有那实实在在的沙地屯。这个村庄就坐落在他们待会儿就要攀登的那座小山的脚下——这座山，山梁上覆盖着郁郁葱葱的森林和沙地屯府的圈地，山顶上是一片开阔的草地，一会儿就能看到那儿的一片新楼房了。只有一条支脉，从山谷里伸出来的，坡度很大，蜿蜒曲折伸向海边，给一条不起眼的小溪让出一条通道来，因而在其出口，形成了第三个适于居住的地带，就在这里集中了一小片渔夫们的房屋。

村子里的房屋无非都是些农舍，但是现时的气氛已经被感受到了，正如帕克先生高兴地让夏洛特注意到的，其中最好的两三间农舍挂出了白色的窗帘以及"招租寄宿"的招牌，因而颇有蓬荜生辉的效果。再往远点儿，在一家古老农舍的绿色庭院里，果真能看见两个穿着非常高雅的白衣女子，手中持书坐在折叠凳子上；在拐角处面包坊那边，能够听见阵阵弹奏竖琴的声音从高处的玻璃窗中飘然而出。

此情此景真让帕克先生心荡神怡。并非是这个村庄的成功与他本人的利益有着什么直接的关系；因为考虑到此地离海滩太远，他根本没有打这个村子的主意——而是因为这个村庄是整个地区向现代化逐日迈进的确凿证据。这么个小村庄尚且具有吸引力，那么整座山肯定能住满游客了。他已经预见到了一个令人眼花缭乱的避暑季节。去年的同一时期（七月下旬），这个村子里还连一个寄宿的客人都没有呢！整个夏天他都不记得有一个人来，除了一个孩子众多的家庭，他们是从伦敦来的，想呼呼吸吸海边的空气来治疗百日咳，但他们的母亲不许他们走近海岸一步，生怕他们掉到海里边。

"文明，真的是文明！"帕克先生动情地喊出来，他高兴极了，"你看我，亲爱的玛丽，你看看威廉·希利的橱窗。蓝色鞋子，还有南京靴①！如果是在过去的老沙地屯，谁想得到能在一个鞋匠的橱窗里看到这样一幅景象呢？只有一个月这里就焕然一新了。一个月以前我们从这条路经过时，这儿还没有蓝色鞋子呢。真了不起，真让人打心眼儿里喜欢！哦，我觉得在我精力旺盛时我还真的做出一番事业了。好了，到了我们的山上了，我们这空气清新使人健康的小山。"

在登山时，他们路过了沙地屯府的看守人小屋，看见了府邸的屋顶掩映在密密树丛中。这座府邸是这一地区老年间硕果仅存的建筑。再往高处一些，就是现代的建筑了；在穿过草场地时，是一座普罗斯派克特府邸，一座贝尔沃尤别墅，还有一座丹海姆场屋。这一切都被夏洛特尽收眼底，她怀着饶有兴味的好奇可是又不失平静，帕克先生的那双眼睛则是希望看见没有一所房子是空着的。窗口的广告要比他所估计的多，山上能看见的人群比他估计的要少，马车也少，散步的人也少。他猜想这时候他们这些人都是刚刚做了户外运动归来去吃午餐了，但是洁白的沙子和泰利斯台地永远都对某些人具有吸引力，海潮想必正在翻滚——现在正是潮水涨到一半的时候。

他渴望自己现在是站在沙滩上，站在峭壁上，就站在他自己家里，他希望自己在同一时间能站在他自家外头的四面八方。看见了大海，使他的心潮滚滚逐浪升高，他几乎能够觉得自己的脚

① 原注，产自中国南京的浅黄色布制的靴子，这种靴子从脚后跟以上蒙着层黑皮子，在当时很时髦。

踝已经变得越来越结实了。特拉法尔加府邸，就在草场地的制高点上，是一座风格优美的高雅建筑，屹立在一个小草坪上，四周环绕着一片小树林，离一座悬崖的岩顶大约有一百英尺远，不过那座悬崖并不太高——离它最近的建筑，除了一排矮小的漂亮房子，就数泰利斯台地了。台地前面是一条宽阔的人行道，有朝一日可望成为本地的莫尔①林荫道。在这一排房子中就有那家最好的女帽商店和图书馆，离它稍微远了一点儿的是旅馆和弹子房——从这里道路就向下倾斜了，通往海滩，通往海水浴换衣车所在的地方——这里于是就变成了寻求美感和时髦的人最最心向往之的地方。

在特拉法尔加府邸，即泰利斯台地后面微微有些突起的地方，旅人们安全地下了车，爸爸妈妈和孩子们皆大欢喜地抱成了一团；夏洛特也被迎接到了她的客房，她站在威尼斯式大窗户②跟前觉得真是好玩极了。她俯瞰窗外，看见尚未完工的建筑工地上斑驳陆离的景象，随风摆动的衬衫被单，高楼大屋的房顶；她还看见了大海，在灿烂的阳光下，在醉人的空气中，波光潋滟，翩跹起舞。

---

① 伦敦圣詹姆斯公园中的林荫道，很有名。
② 原注，像法国式窗户一样，这种窗户在十八世纪末变得很流行。

第五章

　　吃午饭时他们再度聚首，在这之前帕克先生一直都趴在桌子上翻阅一大堆信件。

　　"西德尼连一个字儿也没有！"他说，"他可真是个懒鬼。我在威灵敦时给他写过一封信向他报告我这次出事的详情，我原以为起码他也该屈尊给我个回信吧。但是也可能这意味着他要亲自来一趟。我相信会是这样的。不过这儿有一封我的妹妹们的信。她们从来就没让我失望过。女人们才是唯一靠得住的通信者。你瞧，玛丽（对他的妻子微微一笑），在我打开这封信之前，我们来猜一猜写这封信的那些人的身体状况怎么样？要不干脆就猜一猜如果西德尼在这儿他会说什么？西德尼是个莽撞的家伙，黑伍德小姐。你要知道，他会硬是说在我两个妹妹的抱怨中有很大一部分是想象出来的——不过真的并不是这样的——充其量也只不过有那么一丁点儿想象——她们俩身体都很糟糕，这你已经听我们说过好多次了，她们不是这儿有毛病就是那儿不舒服。事实上，我真不相信她们会明白哪怕是拥有一天的健康的滋味；可是她们俩其实都是非常出色的乐于助人的那种女性，她们同时又都具有非凡的精力，性格非常富有魅力，凡是需要行善的地方，她们老是要迫使自己倾尽全力，结果在那些对她们全然不了解的人看来，她们显得挺古怪——然而她们真的一点儿也不矫揉造作。她们只不过身体比一般人弱，心智却比一般人都要坚强，不管是分开还是合起来。我们的最小的弟弟就和她们住在一起，他不过二十出头，我得说让我感到很遗憾，几乎和她们一样也是个大病人。他身体太虚弱了，根本不能出外求职。西德尼老是要笑话他，不过这真的不是开玩笑——虽然西德尼经常弄得我也觉得他们大家都挺好笑，尽管我自己本心并不愿意这样。你瞧，如果他在这儿，我知道他一定会跟我争个面红耳赤不可，无论是苏珊、戴安娜还是阿瑟在这封信里都会显得像是出不了一个月就要呜呼哀哉了。"

将那封信匆匆浏览了一遍，他摇摇头又开始说："没有机会在沙地屯看见她们了，说出来真让我遗憾——对她们自己的情况轻描淡写地说了一顿，真的。说真的，非常轻描淡写。玛丽，得悉她们一向是病得多么厉害而且现在依然很严重，你一定会非常遗憾的。黑伍德小姐，如果你允许的话，我就要把戴安娜小姐这封信高声念出来。我喜欢让我的朋友们都彼此相识，而且我恐怕这是我所能成全你们的唯一方法。对于戴安娜的信我是没有一点儿顾忌的。因为她写出信来文如其人，你可以看出她是天下最生气勃勃的、友好的、古道热肠的人，因此她的信让你听了肯定会觉得如雷贯耳。"

他开读了。

我亲爱的汤姆，听说你出了事我们都非常难过。如果你没有描述你得到了好心人的照料，那么说什么我也要在接到你的信后马上就赶到你身旁，尽管不巧的是我自己也老病重犯比以往任何一次都要严重，间歇性的胆汁功能失调弄得我几乎连从我的床到沙发那么近的距离都爬不过去。不过你的伤看得怎么样了？下封信给我说得再详细一点儿。如果真的只不过是脚踝扭伤，正如你那么称呼的，那么什么方法都比不上摩擦治疗法更合适的了。如果这一点马上就能办到，那么只用手摩擦即可。两年以前我碰巧在谢尔顿太太家做客，她的马车夫在清洗马车时把脚给扭伤了，一步也走不了，就连房门也走不到，但是马上就给他进行摩擦治疗，持续不断（我自己亲自用手摩擦他的脚踝，一连干了六个小时），他三天就好了——非常非常感谢，我亲爱的汤姆，感谢你好心记得我们，感谢你把你出事的情况告诉了我们。不过求你千万别再出事了，也千万别专门为我们找药剂师了，因为即使你在沙地屯有一位最最精通业务的医生，那对我们来说也是白搭。我们已经与医药这一行当结下不解之缘了，是久病成医了。我们请教了一位又一位的医生，结果是徒劳无益，最后我们恍然大悟，他们对我们一无用处，因此我们必须依靠我们自己对于自己的病体的知识来解除我们自己的痛苦。不过如果你认为对你们那里有益，要给那里找一位医生，我将会很高兴效劳，我肯定会成功的。我能够迅速地将必要的铁投入火炉①。至于说我自己亲自去沙地屯，那是根本不可能的。我很懊恼地说我不敢轻举妄动，然而我的感觉明明白白地告诉我，就我目前的状况而言，海边的空气可能会置我于死地。况且我亲爱的伙伴们谁也离不开我，否则的话我就要撺掇她们到你那里去待上两个礼拜。但是说真的，我怀疑

---

① 意思是只办最必要的事。

苏珊的神经是不是能抵挡得住旅途的劳顿。她最近老是闹头疼，一连有十天她都是每天用六只水蛭①，可是也不顶什么事。因此我们觉得应该改变我们的方子了——经过检验相信她的病主要是出在齿龈上，我就劝她把主攻方向对准齿龈上的乱子。于是她就一口气把三颗牙都拔掉了，效果明显地好多了，但是她的神经现在是大大地不正常了。她只能低声说话——今天早晨还晕过去两次，就因为听到可怜的阿瑟想憋住咳嗽。而他呢，我可以高兴地说还差强人意，虽然要比我能容忍的更懒怠动。我现在为他的肝病担心。自从上次你和西德尼一块儿进城来过以后，我再也没听到过他的消息，不过我断定他要去怀特岛②的计划并没有实行，否则的话在他的旅行途中我们就会见到他的。我们最真诚地祝愿这个季节你在沙地屯过得愉快，虽然我们不能对你的美丽的伯蒙德③亲自有所贡献，我们还是尽我们的一切力量给你们那里送去一些可靠人家；我们觉得可以打包票给你们介绍两个大家庭，一户是从苏里④来的富有的西印度人⑤家庭，另一户

---

① 原注，水蛭是一种大型的水生虫子，可以吸血，医疗上常用于排出血液，但是用得不得当时常常会出事。这种方法直到十九世纪还很流行。

② 英格兰南部之一岛，旅游胜地。

③ 相当于我国的所谓世外桃源。

④ 英格兰南部一州。

⑤ 原注，这一词既指西印度群岛的土著，也指在那里的欧洲定居者。这里显然是指一个有钱的欧洲定居者家庭。这一时期在西印度的人都发了大财。沙地屯的上层人士在提到此辈时，轻蔑中带有敬畏的口气是很有特色的——虽然这些人中不乏可敬的古老世家，例如《曼斯菲尔德园》中的勃特拉姆一家，他们在那儿据有大量财产和利益。简·奥斯丁的姐姐卡桑德拉的未婚夫 1797 年因黄热病死于圣多明各。

是一家名声最佳的女子寄宿学校，要不就是女子学园①，是从坎伯威尔②来的。我不打算告诉你为了办成这件事我雇用了多少人——总而言之是圈套圈③——但是成功的喜悦要远远大于对于回报的计较。你最诚挚的。

"唔——"当他将信念完时，帕克先生说，"虽然我敢说西德尼可能会在这封信里发现一些非常好玩儿的事情能够让我们足足笑上半个小时，可是我宣布就我自己而言，我可看不出有什么好笑的地方，我只有感到让我怜悯，我觉得字字属实。尽管她们受了那么多苦，你还是可以觉察出为了促进他人的福利，她们是多么呕心沥血啊！为沙地屯如此焦虑！两个大家庭，一个也许可以把他们安顿在普罗斯派克特府，另外一个，丹海姆场二号或者是泰利斯台地的边屋，旅馆里另外要多加些床位。我告诉过你，我的妹妹们都是些无与伦比的女性，黑伍德小姐。"

"我也相信她们肯定是超群绝伦的，"夏洛特说，"这封信的欢快风格令我大为吃惊，想一想那两姐妹的身体状况，一下子拔掉三颗牙！太可怕了！令妹戴安娜听上去是疾病缠身，可是令妹苏珊那三颗牙，要比其他一切更加令人胆战心惊。"

"噢！她们对动手术已经习以为常了——无论什么手术都不在话下——具有如此的大无畏精神！"

"您的妹妹们深知自己要做的事情，我敢说，但是她们的方法在我看来不免过于极端。我认为不管是得了什么病，我无论如

---

① 过去的一种私立学校。
② 伦敦郊区。
③ 比喻情况复杂。

36

何都要先去请教专业医生，我自己是一点儿险也不敢冒的，我所爱的每一个人我也不敢让他们这么去冒险！不过话又说回来了，我们家人身体一向都很健康，因此我无从判断这种自我治疗的习惯优劣与否。"

"当然说真格的，"帕克太太说，"我确实觉得帕克小姐们有时候太走极端了，其实你也明白，你也知道，我亲爱的。你老是认为她们将会好过一些，如果她们对于她们自己的身体能够稍微听其自然一些，特别是阿瑟。我知道你认为他病得这么厉害，她们还是这样让他担惊受怕的，这可真让人遗憾。"

"好了，好了，我亲爱的玛丽，我同意你的看法，这对阿瑟来说真是不幸，在他的有生之年他老是得想到自己是个不健康的人。太糟糕了；他必须想象他自己身体太差了，根本不能谋个职业——只有二十一岁却只能坐在家里，就依靠他自己的那么一点儿钱的利息过活，根本不敢想改善自己的状况，或者试图去找个工作可能对他自己或是旁人都有好处。不过咱们谈点儿让人高兴的事吧。这两个大家庭正好是我们所需要的，而且，现在还有件事情马上要办，是更让人愉快的——莫根来了，我听见他喊'开饭啦'。"

第六章

　　午餐后这一群人很快就行动了。帕克先生急不可耐地要早早地参观图书馆，尤其对于那里的认捐簿他更是想先睹为快。夏洛特也是一样的高兴，她希望快点儿走，能看到的东西越多越好，因为那里是全新的世界。这天风和日丽，适于去海边散步嬉戏，他们出发时正是一天中非常静谧的时候，几乎在每一处住所里都正在进行着午餐和午餐后小坐的重大事宜；可能会看见一位形单影只的孤老头子这里走走那里站站，为了身体的健康他不得不早早出来散步，但是总的来说，这里人迹全无，无论是在泰利斯台地，抑或是悬崖还是沙滩，都是空无一人静悄悄的。

　　各个专柜都是空荡荡的——草帽和垂饰花边在屋里屋外到处可见，似乎任由它们自生自灭，管理图书馆的怀特比太太正坐在里间，读着一本小说，因为此时没人光顾。认捐簿不啻于一本备忘录。上面写着丹海姆夫人和布利利吞小姐，她俩的名字可以说是打响了这一旅游季节的头一炮，其后不外乎是马修斯太太、马修斯小姐、E. 马修斯小姐、H. 马修斯小姐——布朗博士及太太——理查德·普莱特先生——史密斯·R. N. 中尉、利特尔上尉——莱姆豪斯①——简·费舍尔太太、费舍尔小姐、斯克罗格

---

　　① 莱姆豪斯：伦敦东部一区。

斯小姐——汉金牧师先生、伯德先生——下级法院律师、格雷法学学会①——戴维斯太太和麦瑞－威瑟小姐。

帕克先生只是觉得这份名单不仅看不出来区别，而且也远不如他所希望的人数多。好在现在还只是七月份，八月份和九月份才是真正的旅游旺季；除此以外，原先已经说好的从苏里和坎伯威尔来的那两个大家庭，已经是一个很大的安慰了。

怀特比太太闻声立即从图书馆的里间跑出来迎接，以表示她再次见到帕克先生而感到很高兴。后者的态度自然是谁见了都喜欢的。这两个人忙不迭地交换着各种礼仪及互相表示着问候。这时夏洛特已经把自己的名字加到了那份名单上，在这一行人里头一个表示了预祝这一旅游季节成功的心愿。一看见怀特比小姐匆匆忙忙地从梳妆室往下走，她马上就跑上前去为家里的人买东西。怀特比小姐满头的发卷亮闪闪的，浑身上下的小装饰品把她打扮得花枝招展，殷勤备至地为夏洛特服务。

这间图书馆当然是应有尽有；世界若没有了它们就不成其为世界了，一切没有用处的东西都可能在这里找到。置身于这么多美丽的诱惑之中，尽管帕克先生鼓动她大量花钱而使她产生了无尽好感，但夏洛特开始觉得她必须克制自己了——或者毋宁说她省悟到处于二十三岁的年龄，她没有借口不这样做——第一天下午就把自己的钱花得精光，有点儿太不像话了。她拿起了一本书；碰巧是一卷《卡米拉》②。她没经历过卡米拉那样的青年时代，她

① 英国伦敦四个培养律师的机构之一。

② 原注，女小说家范妮·伯尔尼所著小说，1796 年面世。简·奥斯丁读过此书，她很可能就是从该书的最后一段中摘录下"傲慢与偏见"这句话作为她的著名小说《傲慢与偏见》的标题。在该书的第一卷，即小说故事的开头，女主人公才九岁。

也无意去体味她的那份苦难——这样想着，她从琳琅满目的指环手镯柜台前转过身去，强压下更多的购买欲去付钱了。

专门为了让她高兴，这一行人就转弯向悬崖出发，可是他们刚一出了图书馆就碰见了两位女士，后者的到来使得他们改变计划成为必要的了。原来是丹海姆夫人和布利利吞小姐。她们刚刚去过特拉法尔加府，然后就径直来到了图书馆。虽然丹海姆夫人非常富有活力，不可能把散步一小时当成很累的事情而非休息不可，而且还一直在说她们要回家去，但是帕克夫妇知道他们非打道回府不可了，而且必须邀请她俩一道喝茶，这才是对待她的最得体的态度，因此去悬崖漫步就让位给了马上打道回府。

"不，不，"爵士夫人她老人家说，"我可不愿意让你们因为我的原因着着急急地喝茶。我知道你们喜欢晚点儿喝茶。我喝茶早的习惯不应该让我的邻居感到不方便。不，不，克莱拉小姐和我要回我们家去喝茶。我们出来没有别的打算，我们只不过是想要来看看你们，想要确定你们是否真的来这儿了。现在我们要回家喝茶去了。"

话虽如此她还是朝着特拉法尔加府走去了，而且悠闲自在地在会客室落了座——进门时对于帕克夫人给仆人下达的立即上茶的命令，她似乎一个字儿也没有听见。夏洛特对于失掉这次散步的机会感到很欣慰，因为她现在正置身于她非常渴望看见的那几个人中间，早晨的谈话引起了她极大好奇心的正是她们两个人。她非常仔细地打量着她们两人。丹海姆夫人是中等身材，体格强壮，身板儿绷得直直的，一举一动都很利索，目光锐利机敏，显出一副非常自负的神气，但是她的面容并不让人讨厌。夏洛特依稀觉得虽然她的态度很直率，不免带有几分生硬，因为像她这种人总是认为自己说起话来可以直来直去的，可是她确实显得乐乐呵呵的，待人很热诚，对夏洛特她彬彬有礼地打招呼，表现得很友好，对于她的老朋友们她则是衷心地热烈欢迎他们归来，使得大家都感到很亲切——至于布利利吞小姐，她的外表完全证实了帕克先生对她的赞美。夏洛特心想她没有见过比她更可爱，或者更让人感兴趣的年轻女子了。

身材修长袅娜，五官匀称秀美，肤如凝脂，肌骨莹润，长着一双蔚蓝色的眼睛，仪态谦恭温婉，然而从谈吐中透露出与生俱来的优雅气质，从她身上夏洛特看见的是所有一切小说最漂亮最令人销魂的女主人公们中间所可能有的顶顶完美的肖像，这许多小说也在怀特比太太的书架上摆着，她们刚刚把它们撤下了。这番想象的原因也许部分出自于她刚刚从一家流动图书馆①出来，然而她怎么也不能将克莱拉与一个小说女主人公的意象截然分开。她与丹海姆夫人的这种关系更加有力地印证了这种意象！她似乎是有意使自己处于这种被虐待的地位。如此贫穷无依却又如此美丽高雅，似乎情况只能是这样的容不得有一点儿选择的余地。

这种种感觉并不是任何罗曼司的影响在夏洛特身上激发出来的。不，她是一个头脑非常冷静的年轻小姐，虽然读了大量的小说，给她的头脑提供了足够有趣的想象，但是她并没有被它们过度地影响着；因此在头五分钟里她幻想出来的种种虐待和迫害——这正应该是那位令人感兴趣的克莱拉所遭受的命运，这让她感到很好玩儿。她尤其是把丹海姆夫人一方对待克莱拉的最

---

① 一种既可以租也可以借的图书馆。

野蛮的做派想象得特别生动，但是从后来的观察中她却毫不迟疑地发现，她得承认，这两个人看起来关系处得很好。在丹海姆夫人身上她挑不出有什么差错，除了她还是按照老派做法过于拘泥形式地管她叫克莱拉小姐——从克莱拉对待老太太的恭顺和关心的态度上也看不出有半点儿的不满意。她们一方表现出来的是一种保护人的善良，另一方表现出来的则是真心实意的尊重。

话题完全转到了沙地屯上，看样子客人很多，会是一个令人满意的旅游旺季。显而易见的是丹海姆夫人要比她的那位副手更加焦虑，更加害怕受损失。她希望这地方更快地塞满人，鉴于出现了某些住处廉价转租的情况，她似乎更加忧心忡忡、心烦意乱。戴安娜小姐提到的两个大家庭没有被忘掉。

"太好了，太好了，"她老人家说，"一家西印地①人和一所学校。听起来很好。会带来钱的。"

"我相信，比起西印度人来，再没有别的人花起钱来更像流水一般了。"帕克先生指出来。

"就是，我听说过。因为他们的钱包都是鼓鼓的，没准儿他们还一心以为自己能跟你们这些古老的乡村世家平起平坐呢。然而，他们这些人这样大把大把地撒钱，从来也不想一想他们是不是可能会种下导致物价上涨的恶果——我所听说过的西印金②人的情况和你说的差不多，如果他们到我们中间来提高了我们这里的生活必需品的价格，我们可不会大大感激他们的，帕克先生。"

"我亲爱的夫人，他们只能提高消费品的价格，由于对这些东西的格外大量的需求，以及货币在我们中间的流通，对我们来

---

①② 丹海姆夫人发音有误，将"西印度"说成了"西印地"和"西印金"。

42

说还应该是利大于弊的。我们的屠宰商们和面包师傅，一般说来如果他们不能给我们带来财富他们自己也富不了。如果他们没有收益，我们的房租就得不到保证，因此我们的房屋的价格应该增值，这样才能和他们的利润成正比。"

"哦！是这么回事。可是我不会喜欢让屠户们的肉价提高的，虽然——而且我只要可能就一定要让肉价不断往下降。哎哟，我看见，那位年轻小姐在笑呢！我敢说她一定以为我是个顽固不化的老傻瓜，不过她到时候也会关心这类事情的。是的，是的，我亲爱的，请相信我的话，你到时候也会考虑屠户的猪肉价格的，虽然你不可能凑巧也有这么一大屋子的仆人需要养活，就像我现在似的。而且我确实认为那些人是真正享福的，就是那些雇用仆人最少的人。我不是个爱讲究排场的女人，这是大家都知道的，要不是为了保留对于可怜的老豪里斯先生的怀念，我决不会还像现在这样维持着沙地屯府的规模；这绝不是为了我自己的高兴。唔，帕克先生，那么说另外一家是一所寄宿学校了，一所法国寄宿学校，是不是？这倒也不坏。她们要住满六个礼拜。这么多人，谁知道要消耗掉多少东西需要多少驴奶啊！我目前有两头产奶的驴子。不过这些小丫头们可能会弄坏家具的。我希望她们会有一位厉害的女教师来照管她们。"

说起他此番威灵敦之行的目的，可怜的帕克先生从丹海姆夫人那里和从妹妹们那里一样没有受到什么褒扬。

"天哪！我亲爱的先生，"她喊道，"你怎么能想到这种事情？我很遗憾你遇了车祸，但是要让我来说这全是你自讨苦吃。去找一个医生！嗯？我们在这儿要一个医生干什么？这只能鼓励那些仆人和穷小子一天到晚地想象他们自己生了病，如果身边就有个医生的话，噢！可别，可别让我们沙地屯也来这么一帮子人。我们会像现在这样过得很好的。这里有大海有草地，还有我的产奶的驴子——我曾经跟怀特比太太说过如果有人需要一台室内木马①，他们花很公道的钱就能得到——（可怜的豪里斯先生的那台室内木马，还完好如新呢）。人们还想再要些什么别的东西呢？在这里我已经在世上足足活了七十年了，找医生没超过两次——这辈子连医生的面都没见过，我说的是为了我自己的缘故。而且我深信不疑，如果我那位可怜的亲爱的哈利爵士也从来没见过一个医生，那他肯定还能活到现在呢。十次出诊费，一次接一次，那个人全拿走了，就是他把他的命送了。我求你帕克先生，千万别把医生弄到这儿来。"

茶具端上来了。

"噢！我亲爱的帕克太太，你真不应该，你干吗这么客气呢？我不过是正好碰上了时辰就顺便跟你道个好的。可是你这么盛情，我相信克莱拉小姐和我还是留下来好，恭敬不如从命嘛。"

① 原注，十八世纪为有病或者残疾人锻炼四肢用的器械。

44

第七章

　　帕克夫妇的好人缘使他们在次日清晨就招来了客人，其中就有爱德华爵士和他的妹妹，他们刚刚去过沙地屯府接着就来问候帕克夫妇；写信的任务刚刚完成，夏洛特就安安心心地与帕克太太坐在会客室里，正好把他们全都见上了。

　　丹海姆兄妹是客人们中唯一激起特别注意的一对。夏洛特很高兴自己能被介绍给他们，这样她就能得到关于这家人的完全的知识了。她发现，这兄妹中，至少那较好的一半（因为单个挑出来时，那位绅士有时候可以被认为是。这一对兄妹中，较好的一半）不是不值一顾的。丹海姆小姐是个模样姣好的姑娘，但是冷若冰霜矜持寡言，给人的印象是她非常高傲地感觉到自己的显要地位——她又非常不满地觉得自己太穷了，她一坐定就因为没有一辆比较精致的马车而感到烦恼，因为她现在只能坐在自家的那辆简陋的两轮马车里旅行。说这话时他们的马车夫牵引着马车的情景仍然还被她看在眼里——比起她来，无论是神气还是举止爱德华爵士都要远胜一筹——当然是仪表堂堂了，但是更引人注目的是他那高雅的谈吐和待人接物的彬彬有礼以及善于营造愉快的气氛。他一进了屋子就如同鹤立鸡群，就滔滔不绝地与人交谈，尤其是跟夏洛特谈得特别起劲，因为碰巧他被安排坐到了她身边——她马上就觉得他长得很英俊，声音悦耳动听，善于辞令。她很喜欢他。他和她一样头脑冷静，她认为他很合群，而且丝毫也不怀疑他对她有着同样的发现，从他明显地不理睬他妹妹表示要走的动议就可以看出来这一点，他还是一动也不动地坐着，继续进行着他的谈话。我并不因为我的女主人公的虚荣心而感到愧疚。如果世上真有年轻的小姐们正当绮年玉貌的年华，一点儿也不富于幻想，更不留意于赏心乐事，那么我是不认识这些小姐的，我也决不希望认识她们。

终于，从会客室的低低的法国式窗户①，俯瞰着那条大路和穿过草地的所有的小道，夏洛特和爱德华爵士尽管还是坐着，可是却不仅能看见丹海姆夫人和布利利吞小姐在散步，而且在爱德华爵士脸上立刻就出现了微妙的变化——当她们二人往前走时他目不转睛地焦急地盯着她们，接着就很快向他的妹妹提议：不仅是要动身，而且是要和她们一块儿去泰利斯大街散步——结果给夏洛特的幻想来了个猝不及防的急转弯，治愈了她发了半个小时的高烧，把她放到了能够做出更加切合实际的判断的位置上，当爱德华爵士走了以后，好来判断他之为人实际上到底有几分是真的合群的——"也许他是徒有其表吧。对他来说倒也无伤大雅"。

她很快就又加入了他的小团体。帕克夫妇的头等大事，在摆脱了清晨第一批客人之后，是他们自己也要出门了。泰利斯大街是大家共同向往的地方——每一个散步的人，都必然要从泰利斯开始。在那里，坐在安放在沙砾路上的一条绿色长凳子上，他们发现了会聚于一处的丹海姆家族；但是虽说是会聚一处，却又

---

① 落地长窗。

变得界线分明——那两位高贵的女士坐在凳子的一头，爱德华爵士和布利利吞小姐在另一头。夏洛特瞥见的一眼告诉她，爱德华分明是一副含情脉脉的恋人的模样。他对克莱拉一往情深这是确定无疑的。但是克莱拉如何接受这一片赤诚，却不那么明显——不过夏洛特倾向于不那么乐观的推想；因为虽然是和他另外坐到了一处（也许她没能够阻止这一点），她的神情却是平静而悒郁的。

而坐在这条凳子另一头的那位年轻小姐正在做着告解，这是显而易见的。丹海姆小姐面部表情的变化，从冷峻地高高在上地坐在帕克太太客厅里由于别人的再三请求才张口说话的丹海姆小姐，变成了在丹海姆夫人近旁，洗耳恭听有说有笑甚至像敬若神明有求于人似的丹海姆小姐，这一变化简直太明显了，而且分外有趣，也可以说是可悲可叹的，恰似讽刺剧或者道德剧所造成的效果。丹海姆小姐其人的性格已经在夏洛特那里有了定评。爱德华的则还需要较长时间的观察。他让夏洛特吃惊的是他们大家都走到了一块儿要去散步时，他竟然立即就离开了克莱拉，把他的注意力全放在了夏洛特身上。

他挨得她紧紧的，好像是要尽量把她从其余的人那儿分开就让她一个人听他演说。他开始了，语调抑扬顿挫感情奔放地侃起了大海和海岸，继而又气吞山河地用平常的词语赞美了它们的崇高，然后又绘声绘色地描绘了它们在感情细腻的心灵中所激发的无可名状的激情——狂风暴雨中波涛汹涌的海洋的严峻壮丽，风平浪静时海面的波光潋滟，盘旋的海鸥，还有海蓬子，深不可测的海底，洋面的瞬息万变，可怕的海市蜃楼，阳光灿烂时水手们在海中的冒险，突如其来的暴风雨又使他们遭到灭顶之灾，所有这些话题都被娓娓道来；也许有些过于老生常谈了，但是从这么一位漂亮的爱德华爵士口中说出来却变得兴味无穷。她只能觉得他是一个热情奔放的人，直到他开始用他背得烂熟的名家名言来压倒她，用他的某些长篇大论来搅昏她的头脑，她才觉得受不了了。

"您记不记得，"他说，"司各特①描写大海的美妙的诗句？噢！它们表达得多么生动啊！每当我走到这儿它们就从我的脑子里油然而生。如果有人读了它们居然无动于衷的话，那他们的神经肯定都让大麻叶子弄得麻痹了！老天保佑我不要遇见这样的冷血动物。"

"您指的是哪段描写？"夏洛特问，"这会儿我什么也想不起来，司各特描写大海的哪一首诗我都记不得。"

"您真的不记得？这会儿我也记不清楚开头了，可是——您不可能忘记他对于女性的描写吧？'噢！给我们带来安逸和温馨的女性……'美极了！美极了！即使他再没有写其他的，他也一定是永垂不朽的。还有，那首赞美父母之爱的无与伦比的，无可比拟的诗——'一些感情给了凡夫俗子，要更少一些尘世的色彩而更多一些天堂之爱'，等等。②但是既然我们现在在谈论诗歌，您觉得彭斯③致他的玛丽的诗怎么样，黑伍德小姐？噢！

---

① 司各特（1771—1832）：苏格兰小说家、诗人，历史小说首创者，浪漫主义的先驱。主要作品有长诗《玛米恩》《湖上夫人》和历史小说《威弗利》《艾凡赫》等。

② 原注，爱德华爵士引录的是《玛米恩》（出版于1808年）和《湖上夫人》（出版于1810年）的诗句。

③ 彭斯（1759—1796）：苏格兰诗人。主要用苏格兰方言写诗，曾长期搜集、整理民歌，并为著名曲调撰写歌词，优秀诗作有《自由树》《一朵红玫瑰》等。

那种哀婉简直令人心碎！如果世上果真有那么一个用心去感觉的人，那人就是彭斯。蒙哥马利①拥有诗歌的全部火焰，华兹华斯②拥有诗歌的真诚的灵魂，坎培尔③在他的《希望之乐趣》中触及了我们的情感的极致——'宛若天使降临，若即若离'。您能设想出比这一行还要更加克制、更加柔和、意蕴更加充满深邃崇高的诗句吗？但是彭斯，我现在是在表述我对他的卓越性的理解，黑伍德小姐。如果说司各特有什么缺陷，那就是缺乏热情。温柔、高雅、描述性强，然而平和。如果一个男人不能公平地对待女性的属性，那他一定会遭到我的蔑视。有时候确实好像有一丝感情使他豁然开朗，正如在我们刚刚说到的那几行诗中——'噢！给我们带来安逸和温馨的女性……'但是彭斯永远都是一团烈火。他的灵魂就是一个祭坛供奉着那可爱的女性，他的精神真的散发出永恒的馨香——那是她应该享有的。"

"我曾经怀着极大的喜悦读过彭斯的几首诗，"夏洛特一有了机会就赶紧说，"但是我这人不够诗意，因此不能将一个人的诗和他的人品截然分开——可怜的彭斯的有名的不检点，使我在读他的诗歌时感受到的快乐大大地打了折扣。我很难相信他在表达一个恋人的感情时到底有几分是真的。我不能信任他在描写一个人的爱情时那种所谓的真诚。他心血来潮，于是就写了下来，然后他就忘了。"

---

① 亚历山大·蒙哥马利（1556—1610）：苏格兰诗人。
② 华兹华斯（1770—1850）：英国诗人。作品歌颂大自然，开创了浪漫主义新诗风，重要作品有与柯勒律治合著的《抒情歌谣集》，还写有长诗《序曲》、组诗《露西》等，1843 年被封为桂冠诗人。
③ 坎培尔（1777—1844）：苏格兰诗人。以写抒情诗闻名，主要作品有长诗《希望之乐趣》和写战争题材的爱国诗歌《英国水手之歌》等。

"噢！不不——"爱德华爵士狂热地发出了惊叫，"他完全是一片赤诚一片真情！他的天才和他的敏感难免使他会误入歧途，可是谁又是完美无缺的呢？倘若要求一个高贵的天才的灵魂也像芸芸众生一样规行矩步，那就是吹毛求疵就是假道学。天才的焕发，被一个人心胸中激昂的情感所激发出来的，可能是与生活中某些平庸的行为准则格格不入的；你也不能，最可爱的黑伍德小姐——（显出极度伤感的神态说），任何女人都不可能公正地评判一个男人纯然地在无穷无尽的热情冲动的驱使下可能说出来的话、写出来的东西或者做出来的事情。"

这真是一番妙论，他大量地使用了带有前缀的词①，但是如果夏洛特完全听懂了的话，那么这段话可并不怎么合乎道德，何况他对她特别恭维的语调并没有使她高兴。她严肃地回答说："我真的对此一窍不通——今天天气可真美。我猜现在刮的是南风。"

"幸福的，幸福的风啊，原来是你占据了黑伍德小姐的头脑！"

她开始认为这人简直愚蠢透顶了。他之选择和她一道散步，她现在恍然大悟了。他这是做给布利利吞小姐看的，就是要惹她生气。她观察出来了，在他向旁边投去的一两次瞥视中——可是究竟他为什么要说这么多无聊的话，除非他没别的高招了，真是太不可理解了。他看上去十分伤感，总是在感时抚事，非常醉心于那些最新潮的时髦的生硬的词汇——她推测他脑筋并不很清楚，他说了这么一大堆全是死记硬背的。日久天长，事态的发展肯定会使他的性格得到进一步的解释，不过一听到一声去图书馆的建议，她就觉得今天整个早上爱德华爵士已经让她受够

---

① 原注，爱德华大量地使用带有前缀的词是当时的时尚。

了，她就非常愉快地接受了丹海姆夫人的邀请，继续留在泰利斯陪她了。

其他人全都离开了她们，爱德华爵士非常恋恋不舍地强使自己走开，流露出骑士派头的无限惆怅的绝望，她们两人则都觉得如鱼得水——就是说，丹海姆夫人俨然一个真正伟大的夫人，一个劲儿地说啊说啊，只说她自己的事情，夏洛特则是支起耳朵听——想到她这两个谈伴的对比觉得真有意思。当然，在丹海姆夫人的谈话中根本没有令人可疑的感伤，也没有任何困难的短语及解释。她非常自然地挽起夏洛特的一只胳膊，让人感觉到来自她这一方的任何一点注意都是无上的荣光，是一种交流。同样是出于对于自己的重要性的意识，或者是出于对于谈话的天然爱好，她马上就非常满意地打开了话匣子，目光中流露出睿智和精明："伊斯特小姐想要我邀请她和她哥哥陪我在沙地屯府待一个礼拜，因为去年夏天我请过他们，可是这回我可不干。她想尽了一切方法来奉承我，不是夸这就是夸那；但是她究竟想要干什么我是看得清清楚楚的。我把她整个人都看穿了。我可不是那么好哄的，我亲爱的。"

除了简单地问了一句"爱德华爵士和丹海姆小姐"，夏洛特再也想不出什么更不关痛痒的话了。

"是的，我亲爱的。我的年轻的亲戚，我有时候就这么称呼他们，因为我是很注重他们的利益的。去年夏天这个时候我请过他们和我在一起，有一个礼拜；从星期一到星期一；他们非常开心和感激。因为他们是很好的青年，我亲爱的。我不会让你以为我对他们的关注，仅仅是为了可怜的哈利爵士的缘故。不，不；他们自己是非常值得受到关注的，否则的话请你相信我的话，他们是不会老来这里陪我的。我可不是那种滥好人对什么人都帮助。在我尽举手之劳之前，我一向都非常留意，事先要搞清楚我到底要干什么，我需要和什么样的人打交道。我并不认为在我这辈子曾经有过上当受骗的时候；一个结过两次婚的女人足以夸口的东西很多。可怜的亲爱的哈利爵士（我们只能私下里这样说），开头还想得到更多的东西。但是（长长地叹了一口气），他走了，我们不应该在死了的人身上挑毛病。谁也比不上我们两个人在一起时过得快活——他是一个谦谦君子，完全是一派古老世家的绅士风度。他死了以后，我把他的金表给了爱德华爵士。"

她说着瞟了一眼她的同伴，这暗示着她这句话应该给人很深的印象——看见在夏洛特的面部并没有出现那种着了迷的吃惊，她又很快地补充道："他并没有把它遗赠给他的侄儿，我亲爱的，那不是遗赠。那并没有写进遗嘱。他只不过是告诉我，那只有一次，他希望他的侄儿得到他的金表；但是他并没有在这件事上加以约束，如果我不愿意。"

"非常仁慈，真的！非常好！"夏洛特说，纯粹是不得不强使自己假装很佩服她。

"是的，我亲爱的，那还不是我为他做的唯一善事。对于爱德华爵士我一直是一个非常慷慨大方的朋友。而那位可怜的年轻人，这对他是不够的；因为虽然我只是一个受有亡夫遗产和称号的寡妇，他是继承人，但是我们两人之间的情况却并非通常一般这种关系之间应该有的那样。从丹海姆庄园我连一个先令①都没有得到过。爱德华先生从来没有给我付过钱。他并没有站在最高

---

① 先令：1971 年前原英国货币单位，20 先令为 1 镑，12 便士为 1 先令。

处，请相信我。那是我，是我给了他帮助。"

"确实是！他是个挺好的青年，尤其是谈吐特别文雅。"

这话说出来主要是为了敷衍敷衍，但是夏洛特马上就看出来她的话已引起了丹海姆夫人的怀疑，因为老太太意味深长地瞥了她一眼说："是的，是的，他这人长得很帅——希望哪位富家的千金也能这么想，因为爱德华必须为了金钱而结婚。他和我经常反复讨论这件事情。像他这么一位漂亮的小伙子，一定是到处招花引蝶给姑娘们献殷勤的，但是他明白他必须为了金钱而结婚。爱德华爵士大体上是一个很稳重的青年，而且脑子是很够用的。"

"爱德华·丹海姆爵士，"夏洛特说，"人品这么好，有这么多长处，那是不成问题的，一定能找到一位有钱的女子，只要他愿意。"

这句漂亮的恭维话说得入情入理，似乎完全打消了怀疑。

"是啊，我亲爱的——此话说得极是，"丹海姆夫人大声说，"只要我们能把一位年轻的女继承人弄到沙地屯来！不过女继承人净是些又丑又怪的东西！我不认为自打沙地屯变成公共场所以来有什么女继承人来过，就连女共同继承人都没来过一个。来过这里的人家一家接一家，但是就我所知，一百个人家里没有一个是真的有财产的，不管是有地产的还是搞投资的。也许有点儿收入，但是却没有财产。他们不外乎是些牧师，或者是从城里来的律师，或者是只领半薪的军官①，要不就是只有寡妇授予产②的寡妇们。这些人有什么用呢？除了他们正好租了我们的空房子，还有（你我私下说说不足为外人道也）我觉得他们都是些十足的

---

① 对退役或非现役军官等支付的折扣薪饷。

② 指结婚时丈夫指定于其死后给予妻子的财产。

傻瓜蛋，放着好好的家里不待。现在，如果我们能得到一位女继承人，她是为了健康的原因被打发到这儿来的（如果她被命令要喝驴子奶我就能供应她），那么只等她一痊愈，就要让她爱上爱德华爵士！"

"那可就太幸运了，说真的。"

"还有，伊斯特小姐也应该嫁给一位有钱人——她必须弄到一位富裕的丈夫。啊！没钱的年轻小姐们着实让人可怜！可是——"略微一停顿又说，"如果伊斯特小姐想要跟我说让我邀请他们来沙地屯小住，那她就会发现自己是打错了主意。自从去年夏天，你瞧——我这里的情况已经发生了变化。我现在有克莱拉和我做伴，事情就大不一样了。"

她说这话时口吻是这样严肃，夏洛特立时就看出来她这时才变得真正深刻了。她也就准备聆听一段内容更加充实的重要谈话了，不料接着听到的只不过是："我才不会幻想把我的府邸像是旅馆似的塞得满满的呢。我决不情愿让我的两个打扫客厅和卧室的女仆一上午都忙个不停，老是扫除卧室里的垃圾。她们每天要整理克莱拉小姐和我自己的屋子。如果要让她们多干活，她们就会要求加薪了。"

要对这类事情做出应付，夏洛特一点儿准备也没有，而且她发现甚至不可能装出同情的样子，因此她干脆就缄口不言。丹海姆夫人很快又补充道，语调很欢快："除此以外，我亲爱的，难道要我塞满我的房间而对沙地屯造成损害吗？——如果有人想要到海边游逛，那他们干吗不去租房子呢？这儿空房子多着呢——就在这条泰利斯大街就有三所；就在这一时刻不下于三所租房的广告，让我们看得眼花缭乱呢，三号、四号和八号；考挪拐角楼对于他们来说可能有点儿太大了，但是其余的那两所无论哪一所都是很舒适的小房子，非常适于一位年轻绅士和他的妹妹居住。所以就这样，我亲爱的，下回要是伊斯特小姐再开始叨叨丹海姆园有多潮湿，以及洗海水浴对她怎么怎么好，我就要劝他们来这儿租下一所房子住上两个礼拜。你不觉得这个建议是很公平的吗？——你知道仁爱先从自家开始。"

夏洛特此刻感到又有意思又气愤，不过气愤占的比重要大一些，而且越来越大。她不动声色保持着有礼貌的沉默。她再也无法容忍了，不想再听下去了，只是意识到丹海姆夫人仍然在喋喋不休，她沉思着任由自己胡思乱想。

"她真是个小气鬼。我根本没想到还有这么坏的人。帕克先生把她说得太好了。他的判断显然是不可信的。他自己的好心使他认不清是非。他心肠太好了，因此分不清好人坏人。我必须自己判断。他们两人的密切关系使他产生了先入之见。他曾经劝她从事同样的投机事业，因为他们在这件事上的目标是一致的，他幻想她喜欢他。但是她真是太小气，太小气了。我在她身上看不到一点儿长处。可怜的布利利吞小姐！她把她周围的人都弄得鄙俗不堪了。这位可怜的爱德华爵士和他的妹妹，他们身上到底还有几分令人可敬的地方我是说不上来的，但是他们就是因为对她奴颜婢膝而必定要变得鄙俗了。我现在，对她表示敬重，表面上对她随声附和，也变得鄙俗了。原来如此，有钱人都是这般卑鄙可耻。"

第八章

　　这两位女士继续在一块儿散步，直到其余的人也加入进来。他们刚刚从图书馆出来，后面跟着一位小怀特比，胳膊下面夹着五卷书跑到爱德华爵士的马车跟前。爱德华爵士迎着夏洛特走来，说："您可以知道我们一向都是怎样打发时光的了。在挑选某些书籍时我妹妹需要听从我的劝告。我们有很多消闲的时光，因此读了很多书。我读小说并不是不加选择的。说到公共流动图书馆的那些垃圾，我是根本不屑一顾的。您绝不会听见我鼓吹那些直冒傻气的东西，那里面除了连篇累牍地描写一些根本不能自圆其说的自相矛盾的原则就什么也没有了，要不就是些平淡无奇的陈芝麻烂谷子，一点儿有用的东西也不能演绎出来。我们也许是徒劳无益地把它们放进了一个文学的蒸馏器里，可是我们蒸馏不出一点儿能为科学增光的东西。我相信,您理解我的意思吧？"

　　"我拿不准完全理解了您的意思。不过如果您能详细说说您认为合格的小说是哪一种，我敢说那会使我更明白的。"

　　"非常愿意效劳，可爱的提问者。我认为合格的小说是以庄严宏大的笔法展示人类天性的，诸如通过描写充满强烈激情的崇高人物来揭示它，或者展示强烈感情的变化，从最初的情感的第一次萌芽发展到半迷狂的激情进发的高潮——我们从中看见了女性的魅力迸射出强烈的火花，在男性的灵魂中燃起了熊熊烈

56

火，致使他（虽然不免要蹈入偏离正路打破传统藩篱的危险）不顾一切铤而走险，敢作敢为，排除万难，去得到她。这些书令我乐此不疲，细细玩味，而且我希望我可以说，是怀着改良人性的愿望去读的。这些书以最美妙的画像展示了高贵的思想、无边无尽的美景、不可限制的情欲和不屈不挠的决心——甚至当故事情节全是描写主要角色，即那位强有力的，让人处处感觉到其存在的男主人公的机关算尽的阴谋诡计受挫时，它还是让我们不由自主地对他怀有宽宏大量的激情。我们的心灵如同中了魔法。如果有人断言我们觉得他的惊心动魄的生涯，还不如任何相反角色的静如止水的病态的美德更能吸引我们，那这人肯定是假道学。我们对于后者的赞同只不过是一种施舍。而这些能够开拓耕耘人的心田，既不抨击也绝不会置之不理那位角色，即那位最明智最成熟的人的感情的小说，才是人们应该熟读的。"

"如果我的理解正确的话，"夏洛特说，"那么我们两人对小说的兴趣是完全不同的。"

说到这儿他们俩也该分手了——丹海姆小姐早就对他们两人不耐烦了，再也等不下去了。

实际情况是爱德华爵士，由于环境所限几乎没离开过此地，他读过的感伤主义小说①太多了，对他是很不适宜的。他的幻想早就被理查逊②以及那些看去是步理查逊后尘的作家的小说中那

①　英国十八世纪在感伤主义影响下形成的一种小说流派，其对立面系以菲尔丁为主将的现实主义小说。感伤主义小说的滥觞为理查逊的《帕美拉》，著名的还有斯特恩的《感伤的旅行》等。这种小说有两种类型，其中一种的特点是耽溺于情感的抒发，尤其是有意煽情，以便对情感进行分析和欣赏，此处所指即这一种。

②　理查逊（1689—1761）：英国小说家。其书信体小说《帕美拉》和《克莱丽莎·哈娄》等对十八世纪西欧文学影响深远。

些充满激情的、最异想天开的部分牢牢地占据了；那些小说津津乐道的是男人对女人的穷追不舍，全不顾人情常理，就是那些小说占据了他的大部分读书时间，并且形成了他的性格——他形成了一种反常的判断，那应该归咎于天生头脑不够坚强，故事中那位恶棍的翩翩风度、坚强意志、精明和锲而不舍全都让爱德华爵士对他的荒唐和凶残视而不见。在他眼中，这样的举动就是天才，就是烈火，就是感情。这样的举动令他兴味无穷，将他全身燃烧，激起他的欲望；因此他老在焦急地企盼这样的举动的成功，以用小说作者们所能想到的还要深沉的柔情蜜意为那恶棍的失败举哀悲伤。①

　　虽然他的许多理想都归功于这种阅读，那么要说他根本就不读别的书，或者说他的语言不是在对于现代文学更加全面了解的基础上形成的，这也有失公允。他阅读当时的一切随笔、旅游通信和批评文章，可是同样不运气的是那些阅读只使他从道德说教中汲取了虚伪的条文，从历史垃圾中拣出导致堕落的动因，他专门收集生僻的词汇，醉心于我们最受称赞的作家们笔下那些风格独特的句子。

---

　　① 原注，简·奥斯丁本人是非常喜欢理查逊的小说的，虽然在此处我们看见她责难这些小说对其书迷们产生的不好的影响。也许她对于《克莱丽莎·哈娄》有着较大的保留，令爱德华热情洋溢地谈论的就是这本书，而且他还和书中的主人公劳沃累斯对上了号。劳沃累斯是一个风度潇洒、机智、热情洋溢的浪荡子，诱拐了克莱丽莎——她出生于一个不体面的家庭，此前她面临被迫嫁给她不喜欢的一个人的危险，是十八世纪小说中常见的女主人公形象。但是她跟随劳沃累斯出逃所遭遇的命运却更要糟糕。劳沃累斯先是引诱她，后来就强奸了她，她就变得堕落了，最后死去。读者不能完全谴责爱德华对这部小说的角色们的态度：许多人都注意到理查逊在描写两性关系时的暧昧态度。许多人都从《帕美拉》和《克莱丽莎·哈娄》中得出了错误的道德训诫就是因为作者在性描写上的暧昧态度。

爱德华爵士最伟大的人生目标是引诱妇女。他深知自己的外表具有何等的魅力，他还满以为自己具有同等的天才，因此他相信引诱妇女是他责无旁贷的义务。他觉得他生就是一个危险的男人——完全是劳沃累斯一流的人。就连爱德华其名，他都以为本身就带有几分魅力。①泛泛地对金发碧眼的白雪公主们殷勤备至，显出一派骑士风度，对每一个美貌的姑娘都送以甜言蜜语，这只不过是他必须扮演的人物中的下等角色。黑伍德小姐，或者任何其他姑娘只要是模样长得俊俏的，尽管是刚刚认识，他都认为自己有权利有资格（按照他自己对社会道德的认识）去追求，去对她们极尽恭维之能事；但是只有对克莱拉一个人他是真有企图的；只有克莱拉他是有意要去引其上钩的。

对她进行引诱他是完全下了决心的。她的地位从各方面来说都呼唤他当仁不让赶快行动。她在争取丹海姆夫人的宠爱的竞争中是他的对手，她年轻、可爱，而且无依无靠。他早就看出来这件事情的必要性了，因此早就小心翼翼地一丝不苟地行动着，要在她的心田中留下深深的印象，以摧垮她的原则。克莱拉也早就看穿他了，丝毫没有愿意被他引诱的意思，但是她具有足够的耐心忍受他，因此就加固了她的人格魅力所引起的那份爱慕依恋。说真的，即使受到的挫折再大也不会影响爱德华爵士，他是全副武装准备好来对付天大的轻蔑和恶感的。倘若她不能被爱情赢得，他就要把她拐走。他对自己的事业很清楚。对于这件大事他已经冥思苦想很久了。如果他不得不采取这样的行动，那他自然就要希望搞出新的花样，要超出那些先行者们，因此他怀有强烈

① 英国历史上名叫爱德华的名人很多，其中有一位是黑太子爱德华（1330—1376），服黑色甲胄，以英勇善战著称。

的好奇心要想落实在蒂姆巴克图一带是不是能找到一所僻静的房子适合于接待克莱拉；可是这笔开销，天哪！那所风格壮丽的华屋是不适合他的钱包的，谨慎的考虑责成他为他的爱欲目标选择那种不事张扬逐渐毁灭其名誉的策略，而不是采取比较轰轰烈烈的惊人之举。

第九章

有一天，就在夏洛特到达沙地屯不久，她正从沙滩往泰利斯大街走时，有幸看见一位绅士的马车，是由驿马拉着的，就停在旅馆的门口。这辆马车到达这里已经很晚了，从搬下来的行李的数量上看，可以指望，它带来的是某个体面的人家，决心要在这里待一阵子了。

她满心欢喜有这么好的消息向帕克夫妇报告。他们二人比她走得早，已经回家了。虽然她已经与一股径直吹向海滨的风搏斗了足足两个小时，可还是急不可耐三步并作两步地直奔特拉法尔加府；然而还没等她走到那块小草坪，就看见有一位女士脚步矫健地紧随在她后面；她觉得此人不可能是她的相识，就决定加快步伐，如果可能的话抢在这位女士前头先进去。但是这位陌生人的脚步不能让她捷足先登：夏洛特刚一踏上了台阶就按门铃，可是门没有开，这时另外那个人已经穿过了草坪；当仆人来开门时，她们俩同时准备好进去了。

那位女士的从容不迫，她的一声"莫根你好——"以及莫根看见她时的表情，都让夏洛特感到瞬间的惊讶——但是下一分钟就把帕克先生带进了大厅，前来欢迎他的妹妹，这是他从客厅里望见的，她马上就被介绍给了戴安娜·帕克小姐。这太让人感到意外了，但是当然更加高兴了。再没有比同时受到丈夫和太太的热情接待更让帕克小姐感到宾至如归的了。她这一向可好？和谁一块儿来的？还有他们看见她经得起这趟旅行的折腾都感到很欣慰！还有她现在又要属于他们了，当然是很令人高兴的事了。

戴安娜小姐约莫有三十四岁，中等身材很苗条；与其说是面带病容还不如说是面容娇嫩；长相讨人喜欢，眼睛炯炯有神；她的举止有着与兄长同样的从容不迫和直率，虽然她的语调要更加果断而不那么柔和。她一分钟也不耽搁就汇报开了她自己的事情——感谢他们的邀请，然而"当时那是根本不可能的，因为她们三个都要来，那得要带多少行李呀，结果就老也走不成"。

"三个人全来！什么！苏珊和阿瑟！苏珊居然也能来了！这当然是锦上添花了。"

"是的，事实上我们全来了。完全是不得已的。除此以外别无他法。你们一会儿就知道是怎么回事了。不过我亲爱的玛丽，还是先打发人去把孩子们叫来吧，他们真让我想死了。"

"不过一路上苏珊可怎么对付的？还有阿瑟呢？我们怎么没看见他和你一起来呢？"

"苏珊一路上很好。我们出发前一天的晚上以及昨天晚上，在奇切斯特①她都是整宿整宿没合上眼，因为这种情况对她来说可不像我那样不算回事，着实让我提心吊胆了一路。不料她一路上挺好，直到我们走到这儿能看见可怜的古老的沙地屯了，她的歇斯底里才刚刚发作。还好她这次发作并不十分严重。我们到达你们这儿的旅馆时她差不多已经好了，所以我们把她扶下马车时

---

① 奇切斯特：英格兰南部城市，西苏塞克斯郡首府。

62

她已经完全没事了，只有伍德科克的帮忙就行了。我离开她时她正在指挥卸行李，还帮着老山姆解开箱子上的绳子。她要我向你们问候，她感到万分抱歉，由于身体状况不允许，她不能和我一块儿前来。至于可怜的阿瑟，他绝不是不愿意自己亲自来，可是风这么大，我觉得让他冒这个险是不安全的，因为我确信他现在有点儿腰痛，所以我帮着他穿上了他那件大衣把他送到泰利斯大街去了，去给我们联系住处。黑伍德小姐肯定已经看见了我们的马车就停在旅馆跟前。我一看见她在草坪上走在我前面，马上就猜到了那是黑伍德小姐——我亲爱的汤姆，看见你走路这么好，我真高兴啊。让我摸一摸你的脚踝。没问题；一切正常，处理得很干净利落。你的肌腱的活动受了点儿小小不言的影响，不过几乎觉不出来。好了，现在来解释我为什么来这儿吧。我上次在给你们的信里说过，那两个值得考虑的家庭，我希望能给你们保住的——就是那家西印度人和那家书院①。"

听到这儿，帕克先生把他的椅子拉得离他的妹妹更近了，更加亲热地拉起她的手回答："太好了，你说过的——你真是雷厉风行，你真好心！"

"那家西印度人，"她继续说，"我觉得这两家人中他们对你们更有用——是好的里面挑好的——原来是格瑞菲思太太一家。我是通过别的人才知道她们家的。你应该还记得我提到过凯泼小姐，我的特别要好的朋友范妮·诺里斯的特别要好的朋友；你听着，凯泼小姐与一位达灵太太特别熟，后者与格瑞菲思太太本人长期保持通信联系。就是这么一条短短的链条，你瞧，在我们之

---

① 书院：私立中等学校浮夸的名称。

间，却是环环入扣缺一不可。格瑞菲思太太想要来海滨，这是为她家的小辈着想起见——已经定好了就去苏塞克斯海岸，但是没有决定到底去哪块儿地方，想要去一个比较幽僻的地方，于是就写信给她的朋友达灵太太征求意见。格瑞菲思太太的信接到的时候正好凯泼小姐和她在一起，于是她就被征询对这个问题有何高见；同一天她就给范妮·诺里斯写信向她提到这件事。范妮对我们的情况了如指掌，马上就提笔把事情一五一十地转告了我，除了没写名字——那是后来得知的。对于我来说只有一件事可做。我通过同一趟邮车给范妮去了信，竭力向她推荐沙地屯。范妮开头担心你们这里的房子不够大，放不下这样一个家庭。不过看来我这故事扯得有点儿太远了。你瞧事情就是这么安排的。通过那同一根简单的关系链条，我很快就高兴地获悉沙地屯已经得到了达灵太太的推荐，那家西印度人十分愿意到那儿去。这就是我给你写信时的情况；但是两天以前，是的，就是前天，我又从范妮那里获悉，她说她从凯泼小姐那里听说，后者接到了达灵太太的一封信，说是格瑞菲思太太在给达灵太太的一封信里表示对到沙地屯休养一事心存疑虑。我说清楚了没有？说了这么半天，你们可别还是稀里糊涂的。"

"噢！很清楚，很清楚。后来呢？"

"使得她犹豫不决的原因是她在那个地方没有关系，所以她无法落实是不是一到达那里就能妥善地安顿下来；在种种顾虑当中她特别提到一位由她照顾的兰伯小姐，是位年轻姑娘（也许是位侄女），对她的情况她比对自己的女儿还要考虑得更加周到仔细。兰伯小姐，富可敌国，比其他人都有钱，然而身体也是最羸弱的。说到这儿你可能已经很清楚了，格瑞菲思太太是何种样人——爱依赖别人，懒得动弹，金钱财富和炎热的天气很容易使我们每个人都变成那个样子。不过我们大家并不是天生下来精力平等的。那么该怎么办呢？我有几分钟颇为踌躇：是告诉她们说我给你们写信呢，还是给怀特比太太写信告知给她们留一所房子？但是哪个办法都不能使我满意。我讨厌麻烦别人，当我自己能行动的时候，我的良知告诉我这就是召唤我行动的时刻。眼前有一个无依无靠的疾病之家我必须为她们服务。我探了探苏珊的口气，真是英雄所见略同。阿瑟也没反对，我们的计划马上就安排好了，我们昨天早晨六点就动身了，今天在同一时刻离开奇切斯特，于是我们就到了。"

"太棒了！太棒了！"帕克先生喊道，"戴安娜，谁也比不上你对朋友这么忠心耿耿，有这么一副普济众生的古道热肠。我知道没有人能比得上你。玛丽，我亲爱的，她不是一个了不起的人吗？好了，现在，你想要给她们订什么样的房子？她们家有几口人呢？"

"我一无所知，"他的妹妹回答说，"根本不知道；压根儿就没听说过一点更具体的情况了；但是我敢肯定沙地屯最大的房子她们家也不会嫌大的。她们更像是还想要第二所房子。不过我只先订一所，就一个礼拜。黑伍德小姐，我让你吓着了。我从你的眼神中看出，你不习惯这样当机立断地办事情。"

"莫名其妙，多管闲事！活跃得简直发疯了！"这些话在夏洛特的脑子中一闪而过，但是要想出一句礼貌的回答也非难事。

"我敢说我确实显得挺吃惊，"她说，"因为这些事太劳神费力了，而且我知道您和令姐都是拖着怎样的带病之躯的。"

"带病之躯是真的。我相信全英格兰再没有哪三个人有如此令人悲哀的权利获此称号了！不过我亲爱的黑伍德小姐，人生在世就是要尽可能地有所作为。既然被赋予了相当发达的脑力，我们就不能借口身体虚弱而不为，或是赞成我们自己为自己开脱责任——尘世的人被分成了弱智的和强智的——能够行动的和不能行动的，绝不能让有所作为的机会从自己身边溜走，这是能者的责无旁贷的义务。家姐和我的病痛幸而并不是那么缠缠绵绵的，并未对我们的生存造成迫在眉睫的威胁，只要我们能投身于对别人有用的事，我相信身体反而会好起来，因为大脑在履行义务时会变得清爽振奋。我在旅行途中，由于心系重任，我的自我感觉一直好极了。"

孩子们进入室内使她结束了她赞美自己个性的这篇小小的颂文，在把他们一个个搂搂抱抱地亲热了一番之后，她准备走了。

"你不能和我们一块儿用餐吗？你不留下来用餐？怎么劝你都不行吗？"发出了这样的惊叫；知道答案是绝对的否定之后，又是一个问句："那我们什么时候还能再看见你呢？我们能对你有什么帮助呢？"接着帕克先生就热心提议，要帮着给格瑞菲思太太踅摸房子。

"我吃完饭就去你们那儿，"他说，"咱们一块儿去找。"

但是他的建议马上就被婉谢了。

"不，我亲爱的汤姆，我自己的事情绝不要你来插手，压根儿没有这个道理。你的脚踝还需要休息呢。我从你的脚走路的姿势判断，你已经走路走得太多了。不，我要自己直接去办找房子的事。我们的晚饭定到六点钟以后了，我希望在这之前能办成这件事。现在才四点半。至于说今天还想再看到我——我现在可说不好；那两位整个下午都待在旅馆里，他们随时都会高兴地看见你们，不过我一回去就应该能听到阿瑟报告给我们自己找住处的结果了，可能一等晚饭开过，就要再度出去办理相关事宜，因为我们希望搞到几所出租的房子，要在明天早饭之前就安顿下来。对可怜的阿瑟找住处的本事我不那么放心，可是他好像挺喜欢那个差使似的。"

"我觉得你干得已经太多了，"帕克先生说，"你会累垮的。晚饭以后你可千万别再挪窝儿了。"

"说得对，你确实不能再动弹了。"他的妻子也喊道，"因为晚餐对你们来说都只不过是个名义，你们吃了也和没吃差不多。我知道你们的胃口有多大。"

"我的胃口最近以来已经好多了，我敢向你保证。我一直在喝我自己炮制的苦味黑啤酒，作用可真奇妙。苏珊从来也不吃晚餐，我承认——此刻我也是什么也不想吃；在旅行之后差不多有一个礼拜我都不吃东西的——但是说到阿瑟，他可是太愿意吃东西了。我们老是不得不管着他点儿。"

"不过你还一点儿也没跟我说另外那个要来沙地屯的家庭呢，"帕克先生把妹妹送到门口时说，"就是那间坎伯威尔学园；我们还有机会接待她们吗？"

"噢！当然了。我一下子倒把她们忘了，不过三天以前我收到我的朋友查尔斯·杜皮斯太太的一封信，肯定坎伯威尔会来的。坎伯威尔一定会来不成问题，而且很快。那个好女人（我不知道她的名字）不像格瑞菲思太太那么有钱那么独立，因此不能随心所欲地旅行和自作主张。我要告诉你们我是怎么把她搞到手的。查尔斯·杜皮斯太太和一位女士算得上是隔壁，后者有一位亲戚最近在克拉彭①定居了，他如今加入了那所学园给几位姑娘讲授修辞学和纯文学②。我从西德尼一位朋友那儿给那人弄到一只野兔——他就推荐了沙地屯；我可没露面，全是查尔斯太太一手操办的。"

---

①　克拉彭：伦敦西南部一地区。
②　纯文学：指有别于科技文献的诗歌、散文、文艺批评、小说、戏剧等。

第十章

戴安娜·帕克小姐凭她自己的感觉得知海边的空气对于她目前的身体状况来说无异于一大杀手，但离她说这话还不到一个礼拜，她本人现在却已经到了沙地屯了，而且还打算住些时候，根本看不出她曾经写信说海边的空气不适应她这件事。因此对夏洛特来说就不可能对如此异乎寻常的体质不大大地怀疑其幻想性的程度了。身体不适和恢复健康竟然都如此的迥异常规，更像是特别爱动脑子有才智的人于无所事事之际的自娱消遣，而不像是真的有什么病痛折磨或是真的得到了缓解。帕克家族无疑是一个富于想象和感觉敏锐的家族，做兄长的以计划旅游工程为他的过剩的兴奋情绪找到了发泄的机会，做妹妹的则可能也以不由自主地发明各种莫名其妙的病痛来消解她们的多余的能量。

她们活泼生动的智力明显地没有得到充分的发挥；有一部分是消磨在立志要有所作为的热情上了。看样子她们不是必须为他人的福利忙碌奔波，就是走上了另一个极端把她们自己弄成病骨支离的样子。事实上，由于她们体质中先天的纤弱使她们不幸染上了对于医药的需求，特别是热衷于江湖骗子卖的假药，使得她们早就在不同的时令容易发生形形色色的不适症状；而她们的苦难的其余部分则纯粹是幻想出来的，来自于喜欢出名的心理和标新立异的嗜好。她们拥有慈善之心和丰富的悲天悯人之情，但是，她们在贡献她们的善心义举时，总是显出坐卧不宁的病态，也不乏觉得自己比谁都劳苦功高的那种自鸣得意——结果她们所做的一切，和她们的无病呻吟一样，无不显得空虚自负。

帕克先生及太太那天下午在旅馆里盘桓良久；但是夏洛特只看见戴安娜小姐两三眼，当时后者正在急匆匆地穿过草坪，为那位她根本未曾谋面也不曾雇用她的女士找房子。直到次日她才认识了其他的人，这时既已搬进了出租房而且大家都平安无事，做哥哥和嫂子的以及夏洛特就被邀请去和他们一道喝茶了。

他们进了位于泰利斯大街上的一所房子。她发现她们被安排在一间小巧整洁的起居室里消磨黄昏，如果她们愿意就可以领略海滨美丽的景色，可是虽然这是一个非常美丽的英吉利夏日，那里的窗户却没有打开，而且沙发和桌子以及房间的整个布局全都集中在了房间的另一头——在火炉旁边。看见帕克小姐，由于想起来那个在一天内连着拔下了三颗牙的故事，夏洛特就怀着诚惶诚恐的热忱向她走近，她无论是长相还是举止都和她妹妹不相上下——虽然由于罹病和用药显得要更加苗条和憔悴，神态上更加随意，声音压得更低。不过她还是挺能说，整个下午就和戴安娜一样说个不停，所不同的是她坐在那里手里拿着个盐罐，壁炉台上已经随意乱摆上了几小瓶药水，她有两三次从里面倒出来几滴，不住地做出苦相。夏洛特看不出她身上有什么生病的迹象，她觉得，仗着她自己的好身体，那些病根本用不着去治，只要把炉火熄灭，打开窗户，把什么盐罐啦药水啦统统扔掉就好了。她早就怀着很大的好奇心想一睹阿瑟·帕克先生的尊容；原先把他想象成一个发育不全、面貌清秀的小伙子，让她大为吃惊的是他原来和他哥哥一样高，而且比他的块头还要大得多，身材很宽，一脸贪吃相——与其说他一脸病态，倒不如说他显得呆头呆脑。

戴安娜显然是这家的主心骨，主要的推动者和行动者，她一早上都马不停蹄地为格瑞菲思的事跑来跑去，还忙活她们自家的事，自然也是三人中最活跃的。苏珊只是监督将她们的东西最后全部从旅馆搬出来，她还亲自提了两个重箱子。阿瑟发现外面这么冷，他只是从这所房子走到那一所就已经冻成冰棍儿了——坐在火炉边想了半天，给自己杜撰了一个非常好的借口就大吹大擂起来。戴安娜，她的运动一直局限于安排家务，不好计算其工作量有多大，但是她，按照她自己的说法，在七个小时内根本没能坐下来一分钟，承认她自己有点儿累了。虽然累得筋疲力尽，她却是战果辉煌；她走了很多路，费尽了口舌，克服了重重困难，终于以一周八个基尼^①的价格给格瑞菲思太太搞到一所很合适的房子；她还与厨子们、女仆们、洗衣妇们和浴场女工们订了好些条约，这样在格瑞菲思太太到达后就几乎万事俱备了，她只消一挥手把人招来进行挑选就可以了。对于这件她效尽犬马之劳的大事，她的结尾是用几句有礼貌的话向格瑞菲思太太本人做了一番通报，因为时间不允许采用迄今为止她们一直采用的那种迂回曲折的通风报信的方法了——她沉浸在终于为新友打通了第一条堑壕的欢乐中，为自己如此雷厉风行地完成了一项意外地落在她头上的义务而颇感快慰。

帕克先生夫妇和夏洛特在动身时看见有两辆邮车穿过草地驶向旅馆——令人愉快的景象——而且是让人猜测不已的。帕克

———————

① 从前英国之金币名，等于21先令。现只用于价目。

姐妹和阿瑟也看见了一些情况；从她们的窗口能分辨出有人到达旅馆了，但看不出来有多少。她们的客人回答说有两辆出租马车。那么可能是那家坎伯威尔学园吗？帕克先生完全相信还有一个新的家庭来到了。

为了能观看海景和观察旅馆的动静，他们挪动了一下位置，待大家全都落座之后，夏洛特现在是到了阿瑟身边，后者喜形于色地坐在炉火旁边，说了许多客气话，希望她坐在他的椅子上。看到在她表示拒绝的姿态中没有丝毫可疑之处，他就又非常心满意足地坐了下来。她把她的椅子拉回去，使得他整个人在她面前就像一道屏障似的，她因此非常感谢后者那每一寸超过了她先入之见的脊背和臂膀。阿瑟的眼皮和他的身材一样沉重，但他绝不是不愿意与人交谈；当另外那四个人坐到了一块儿谈兴正浓时，他显然感到有一位漂亮小姐坐在身旁，绝非坏事，按照通常的礼节要求他予以关注——就和他的哥哥一样，他觉得绝对需要一个行动的动因，需要能让他充满活力的有力的目标，因此他侃侃而谈，显得相当愉快。

这就是青春本身和如花似玉的妙龄少女所造成的影响，甚至使他近乎道歉似的说家里不该生火。"我们不应该在房间里生火，"他说，"但是海边的空气老是太潮湿了。我什么也不怕，就怕潮气。"

"我真走运，"夏洛特说，"从来也不知道空气到底是潮湿的还是干燥的。海边的空气对于我来说都是令我精力充沛全身心兴奋的财富。"

"我也喜欢海边的空气，和任何其他人一样；"阿瑟说，"不刮风的时候我非常喜欢站在开着的窗户跟前，然而不幸的是潮湿

72

的空气不适于我。它让我害了关节炎。您没得过关节炎吧？"

"根本没有。"

"那您可太有福气了。不过也许您害过神经衰弱吧？"

"不，我相信我没有。我想我没得过这种病。"

"我神经衰弱得厉害。说真的，要让我自己来说神经衰弱是我的病里面最严重的。我的姐姐们认为我是胆汁质的体质，但是我怀疑不是。"

"你这样怀疑是对的，你应该尽可能地怀疑，我相信。"

"如果我胆汁过旺，"他继续说，"那么你知道酒对我就是有害的，但是喝酒对我永远都有好处。我喝的酒越多（当然是适度的了）就越觉得舒服，晚上我总是觉得很舒服的。如果今天晚饭之前您见到我，您就会觉得我是个倒霉鬼了。"

夏洛特不相信他的话。可是她不动声色地说："就我所知，要治愈神经衰弱，呼吸新鲜空气和体育锻炼是非常有效的良方：每天坚持锻炼要有规律；我应该向您推荐进行更大量的体育锻炼，我觉得您的运动量还不够。"

"噢！我本人非常喜欢体育锻炼——"他说，"我是说我在这儿的时候要走很多的路，如果天气暖和，我每天早饭之前就要出去活动，在大街上走好几个来回。您还会看到我经常去特拉法尔加府。"

"不过，您不是把步行去特拉法尔加府也叫作大运动量锻炼吧？"

"不，不过是几步路，不过山路可真陡得够呛！徒步上山，在每天的正午时分，真要把我扔进大蒸锅里了！我每次到那儿的时候你肯定会看见我就跟泡澡似的！我非常容易出汗，再没有比这更明显的神经衰弱的症状了。"

他们俩现在的讨论已经深入到物理学了，以至于夏洛特发现仆人端着茶具进来时，真觉得如蒙大赦。马上就发生了很大的变化，那位年轻人的关注旋即就踪影全无了。他从托盘上给他自己端了杯可可，上边好像放着好几个茶壶，够每个人一把。帕克小姐喝的是一种草药茶，戴安娜小姐喝的是另外一种，阿瑟完全转向了火炉，舒舒服服地坐下来自斟自饮好不惬意，还烤了几片薄面包，是从那儿现成放着的烘烤架上取下来的。在这个过程中她听不到别的声音，只听到几个断断续续的句子，嘟嘟囔囔的好像是表示味道好极了，烤得好极了之类。

当他大快朵颐之后，他把他的椅子拉回到原来的位置上还是那么殷勤，为了证明他刚才不光是为他自己工作，诚恳地邀请她喝可可吃烤面包。她已经喝过茶了，这让他感到吃惊——他是那样专心致志，竟然没有注意到。

"我觉得我应该赶得上的，"他说，"没想到可可用了那么多时间才沸腾。"

"我非常感谢您，"夏洛特回答，"不过我宁愿喝茶。"

"那我就自己用了，"他说，"每天晚上一大盘淡可可，比什么东西都对我合适。"

让她吃惊的是，当他倒出他所谓的相当淡的可可时，涌出一股颜色非常深的溪流。与此同时，他的两位姐姐同时喊道："噢！阿瑟，你每天晚上给你弄的可可一次比一次浓——"阿瑟则是明知故犯地回答："今天晚上确实是有点儿太浓了。"这让她相信阿瑟绝不是像她们所想要的那样喜欢被饿起来，或者是他自己所感觉的那样一向被饿着。他显然很喜欢将话题转为烤面包，再听不见他两位姐姐的话了。

"我希望您也吃几片烤面包，"他说，"我很得意自己烤得一手好面包；我从来也没烤煳过，首先我从来不把面包放得离火太近了——这不，您瞧，没有一处没烤好。我希望您会喜欢烤面包干。"

"我喜欢抹上适量的黄油，很喜欢——"夏洛特说，"不过不喜欢别的。"

"我也不喜欢别的。"他格外高兴地说，"在这一点上我们真想到一处了。除了烤面包干，我觉得对胃口都不好。我相信这一点。我会很高兴马上给您抹上黄油，然后再给我自己也抹上点儿。黄油对胃黏膜很不好，是真的，但是有的人不相信。它让你感到上下翻腾，就像是有一盘肉豆蔻磨碎机在转动似的。"

可是不经过一番斗争他是得不到黄油的；他的姐姐们谴责他吃得太多了，宣布他是不可信任的；他则再三说他只是吃得足够维持他的胃黏膜完好；除此以外，他现在只想为黑伍德小姐弄点儿黄油。

如此的请求应该能奏效，他得到了黄油，为她抹上了分量非常精确、起码能让他高兴的黄油；但是当她的烤面包弄好后，他把他自己的拿在了手里，夏洛特看见他注视他的姐姐们时她几乎不能控制自己了，他几乎把抹上去的黄油又全部一丝不苟地刮掉了，然后看准时机又加上了一大块，神不知鬼不觉地送进了自己嘴里。显而易见，阿瑟·帕克先生对于疾病的享受与他的姐姐们是非常不同的——绝没有半点儿脱俗的意味。尘世的许多东西哪怕是杂芜之类也能吊起他的胃口。夏洛特只能怀疑他采取这样的生活方式的真实动机，无非是为了满足他的好逸恶劳和口腹之欲——可以断定他并未患有消化不良症，而是对于暖和的房间和好吃的东西的病态需求。

她很快就发现，他抓住了新的话题。"哎呀！"他说，"您一晚上竟能喝下两杯浓茶？您可该得神经衰弱了！我多羡慕你啊。我要是能吞下您这么一杯也就够好的了——您觉得它会对我起多大的作用？"

"可能让您一晚上都睁着眼睛吧？"夏洛特回答，想要用她自己的高贵庄严的概念将他的故作惊讶之状一举推垮。

"噢！要是只那样就好了！"他惊呼，"没那么简单——浓茶对于我的作用简直跟毒药一样，没等我咽下五分钟我的右胁就会失去了使用的功能。听起来令人难以置信，可是我经常发生这种情况，所以我深信不疑。我的右胁失去使用的功能往往会持续好几个小时呢！"

"听起来真古怪得不能让人相信。"夏洛特冷静地回答，"不过我敢说，结果会被那些对右胁和绿茶进行过科学研究，因此完全理解这二者之间相互作用的可能性的人，证明这其实是世上最简单的事情。"

用完茶点后不久，就由旅馆给戴安娜·帕克小姐送来一封信。

"是查尔斯·杜皮斯太太来的，"她说，"是由专人送来的。"

读了几行之后，高声惊叫起来："哎呀，真是不可思议！真正不可思议！那两家人的姓竟是一模一样的。两位格瑞菲思太太！这是一封给我的推荐信和介绍信，是关于那位坎伯威尔的女士的！她的名字碰巧也是格瑞菲思。"

又读完了几行，她的脸颊变得通红，她略为有些惶惑不安地说："真是前所未有的稀罕事！——又有一位兰伯小姐！一位家财万贯来自西印度的年轻小姐。但是不可能是那同一家。不可能就是那同一家。"

她把那封信高声念出来好让自己镇静下来。这封信仅仅是："介绍持信人，坎伯威尔的格瑞菲思太太，以及被她照顾的三位年轻小姐，去请求帕克·戴安娜小姐多加关照。格瑞菲思太太在沙地屯人地生疏，急于得到可靠的介绍，因此查尔斯·杜皮斯太太，作为一个中间的朋友，特写此信，知道她不可能给予她亲爱的戴安娜有比给她这封信更能让她感到自己有所作为的良好意愿了。格瑞菲思太太主要关心的是住房问题及由她照顾的这几位年轻小姐中的一位，即名叫兰伯小姐的舒适问题，这位小姐系西印度的富豪之女，身体非常娇弱。"

"这事太蹊跷了！太让人惊奇了！非常不可思议！"但是他们都一致同意得出结论，有两个家庭要来也不是不可能的；报告中所涉及的两套人马使得这件事很清楚了。想必有两个家庭。"不可能"和"不可能"被怀着极大的热忱一遍又一遍地重复。这只不过是名字和情况碰巧都一样，开头当然引起了震惊，可是后来却觉得没有什么可大惊小怪的了，于是疑团就这样解决了。

戴安娜小姐本人马上就决定要抢先一步以消解她的困惑。必须把披肩披到肩膀上再一次到处奔波。虽然她很疲劳，她还是必须即刻赶到旅馆，去核实情况并且提供她的服务。

第十一章

　　绝不会的。在这出戏里并非整个帕克家族都能私下里估计到，并非人人都能够演绎出一个比从苏里来的家庭和从坎伯威尔来的家庭原来就是一家这令人大吃一惊的突然变故能够更令人开心的了。那个有钱的西印度家庭，也就是那个女子学校的全班人马乘坐着那两辆驿车全都进驻了沙地屯。这位受到其朋友达灵太太关照的格瑞菲思太太，原来就是那位其计划在这同一时期（然而那是另外一种表现）已经确定无疑了，任何艰难困苦都不放在眼里的格瑞菲思太太，她曾经因为恐怕胜任不了这次旅行而踌躇再三。

　　之所以会产生这两份看上去大相径庭的报告，平心而论，可能应归咎于被咱们那位眼观六路耳听八方、包打听似的戴安娜·帕克小姐拉入这一事件中的许多人的捕风捉影，无知，以及鲁莽。她的那班密友想必也和她一样过于爱管闲事，这一话题提供了足够多的信件和片断，还有各种各样的信息，使得每一件事情都走了样。戴安娜小姐可能因为她首先不得不承认错误而感到有点儿狼狈。不辞辛苦地大老远从汉姆普郡①赶来，结果却一无所获——一位大失所望的哥哥——一所她租下的租期一个礼拜

---

　　①　汉姆普郡：位于中英格兰南部。

的价钱不菲的房子，想必马上就掠过了她的脑海——另外比什么都更糟糕的，想必是那种认识到自己远不够明察秋毫，远非她过去自以为是的那样从不失误的感觉。

不过这件事看上去并没有让她心烦多久。在这份奇耻大辱中那么多人都有份儿，因此当她把这份耻辱按照比例均分给达灵太太、凯波小姐、范妮·诺里斯、查尔斯·杜皮斯太太和查尔斯·杜皮斯太太的邻居诸人时，最后恐怕就只剩下一丁点儿责备留给她自己了。不管怎么样，反正第二天一上午都看见她跟着格瑞菲思太太跑来跑去地看房子，还是一如既往的机敏灵活。

格瑞菲思太太属于那种举止优雅很有礼貌的女人，她招收大家闺秀以及其他的年轻小姐为学生以维持生计，她们不是需要专门教师指导以完成她们的教育，就是需要一个像家庭似的场所以开始她们在人生舞台上的亮相表演。在她卵翼保护之下的除了这三位来到沙地屯的还有另外几个姑娘，不过那几位碰巧都不在。而在这三人之中，其实是所有的姑娘之中，兰伯小姐鹤立鸡群，不消说是最最重要身价最高的，因为她的学费是与她的财富成正比的。她约莫有十七岁，是半个穆拉托①，弱不禁风，冷若冰霜，随身带着她自己的女仆，占了最好的一个房间，在格瑞菲思太太的每项计划中都占据着头等重要的位置。

另外两位姑娘是博福特姐妹俩，是那种在整个王国至少三分之一的家庭里司空见惯的小家碧玉；她们的模样长得都还说得过去，身材曲线婀娜，很惹人注目，仪态果决表情自信——她们琴棋弹唱样样精通，但却又非常无知，她们的时间一部分花在了

_____

① 指黑白混血儿。

一心要引人顾盼的种种刻意追求上，另一部分花在了取媚异性的手段和各种技巧的训练上。通过这些训练，她们能够穿戴出远非她们的经济状况所能承受得起的那种风格；她们属于领导时尚变化的敢为天下先之列——她们的终极目标，是要捕获一个远比她们自己有钱的男人。

格瑞菲思太太之所以宁愿来沙地屯这般又小又僻静的地方，全是为了兰伯小姐的缘故——至于博福特姐儿俩，虽然她们本心并不喜欢又小又僻静的地方，可是因为在春季一次三天的造访中每个人都购置了六套新衣服，也就不得不委屈一下，觉得沙地屯也还凑合了，等到她们的经济状况有所改善再说。于是给她们中的一个租了一把竖琴，给另外一个则是买了一些绘画纸，由于她们两个人刚刚买来的那些漂亮衣服，她们现在想厉行节约，想显得非常高雅，想显得远离尘嚣；博福特大小姐一心巴望那些从旁经过的人们会沉浸在她的竖琴弹奏出的优美曲调中，她一定会赢得他们的赞美和喝彩，而她的妹妹勒蒂霞小姐的愿望，则是引起那些在她画画时驻足观望的人们的好奇和狂喜——两个人共同的心愿是她们一定要成为本地最高雅时髦最有风度的姑娘。格瑞菲思太太特地将她们二人向戴安娜·帕克小姐做了介绍，这使得她们马上就认识了特拉法尔加府和丹海姆家的人——用一句很恰当的话来说，博福特两姐妹很快就对她们"来到沙地屯进入的社交圈子很满意"，因为每个人现在都必须"进入一个圈子"——这种趋从社交风尚的心理，正是时下许多人轻浮和虚荣心的写照。

丹海姆夫人肯于拜访格瑞菲思太太，除了表示对帕克家的敬意外她还另有打算，她的真正兴趣是在兰伯小姐身上——这位年轻小姐，孱弱而富有，这正是她一直覬觎的人选；她是为了爱德华爵士的缘故才去结识这拨人马的，当然也还是为了她的驴奶的缘故。她的这一打算到底是否合乎男爵的心思还有待于证实，可是说到她的那些动物，她很快就发现她的一切想要谋利的计算都是竹篮打水一场空。格瑞菲思太太根本不允许兰伯小姐显出哪怕是一点点那种驴奶很可能对之产生奇效的体力衰弱或是不适的症状。"兰伯小姐过去一向是在一位很有经验的医生的照拂下治疗的——他的处方就是她们的规矩。"她除了特别喜欢一种补药，那是她自己的一位表亲发明的，格瑞菲思太太是将医生的处方奉为圭臬从不敢越雷池于一步。

泰利斯台地的那幢考挪拐角楼是戴安娜·帕克小姐很高兴安置她的新朋友的地方，考虑到从前面可以俯瞰那间所有的客人都喜欢去的休息室，而在一旁，无论旅馆里进行什么活动，都没有比这里更能保证博福特姐儿俩的修身养性了。因此还没等到她们把自己调整得适合了抚琴弄弦，或是挥笔丹青的新形象，她们就已经由于在楼上矮窗前频频亮相，不是将百叶窗关住，就是将其打开，把一盆花放在阳台上，或是举起一具望远镜遥望一片虚空，而吸引了许多人引颈仰视，招惹了许多人频频回首。

在针尖大小的这么一个地方，哪怕是一点点新奇事物都会引起轰动效应；博福特姐儿俩，在布莱顿可能引不起别人的兴趣，到了这儿可不会默默无闻的——甚至就连阿瑟·帕克先生，虽然几乎连一点儿额外的心也不肯操的，可是为了能一睹博福特姐儿俩的风采，也禁不住老要离开泰利斯台地，不惜奔波二分之一乘四分之一里的行程，再加上攀登两个台阶往山坡上爬，去与考挪拐角楼毗邻的哥哥家拜访。

第十二章

夏洛特在沙地屯已经十天了，可是还无缘瞻仰沙地屯府，每一个去拜访丹海姆夫人的企图都因事先遇到了这位夫人而被挫败。不过这一次十有八九是没问题了，她们赶了个大早，因为要去向丹海姆夫人致意是来不得半点儿马虎的，同时也不能无视夏洛特的好奇心。

"如果你们要想找到一个最能投其所好的开场白，我亲爱的，"帕克先生说（他不打算跟她们一块儿去），"我觉得你们最好提提可怜的穆林司家的情况，知会她老夫人为他们搞一次募捐。我不喜欢在这种地方搞慈善募捐，对于所有来这儿的人，这无异于向他们课税，不过她们的情况真是很惨，所以昨天我几乎是一口答应了那可怜的女人一定要为她做点儿事。我相信我们应该马上着手搞一次募捐，而且越快越好——把丹海姆夫人的大名列在榜首，无疑是一个非常必要的开端。你不会不愿意跟她谈这个问题吧，玛丽？"

"我愿意去做你希望我做的每一件事情，"他的妻子回答，"可是要是你自己去做这件事一定要好得多。我真的不知道该说什么才好。"

"我亲爱的玛丽，"他喊起来，"你不可能真的会感到为难的。没有比这更简单的事了。你只消陈述一下那家人现在的惨痛状况，她们怎么样向我乞哀告怜，以及我现在很愿意发起一个小型的募捐活动以解她们的燃眉之急，只要能得到她的首肯。"

"天下最容易的事——"戴安娜·帕克小姐喊道，她碰巧在这时来拜访，"把这件事说完并且做完这件事，用的时间比你们现在谈论这件事的时间还要少。既然你们正说到募捐这个话题，玛丽，我将要感谢你，如果你能向丹海姆夫人提及一件最令人悲伤的事例，这件事有人用最感人的措辞跟我描绘过。在沃斯特郡①有一个穷苦的妇人，我有几位朋友对她格外感兴趣，我已经为她着手搜罗我所能搞到手的一切东西。如果你能跟丹海姆夫人提到这事！——丹海姆夫人能捐的，如果正好说到了她的心坎儿上——我把她看成那样一种人，这种人一旦被说动了拉开她的钱包，那就会心甘情愿地把十个基尼当成五个捐出来。所以，如果你发现她正好处于那种心境，那你还可以乘机再为另外一件善事美言几句。那件事让我以及几位朋友十分挂心，就是在特兰特河畔的伯顿②成立一个慈善基金库。另外还有，上一次巡回法庭③在约克郡④吊死的那个倒霉鬼的家庭，虽然我们确实筹集到了要把他们全都安顿下来所需的数额，可是如果你能替他们出面，从她那儿即使只是搞出一个基尼来，那又何乐而不为呢。"

"我亲爱的戴安娜！"帕克太太惊叫道，"要让我跟丹海姆夫人提这些事情比让我上天还难呢。"

"这有什么难的？我但愿我自己能跟你们一道去，可是我必

---

① 沃斯特郡：英格兰中西部城市。

② 伯顿：县级自治市，在英格兰中西部的斯泰福郡。

③ 巡回法庭：英国巡回裁判至各郡的定期开审。

④ 约克郡：在英格兰北部。

须在五分钟之内赶到格瑞菲思太太那儿，去鼓励兰伯小姐下水游泳，这是她第一次。她是这么胆小，可怜的东西，我答应了要去她那儿给她鼓劲儿，如果她希望的话就陪她去用那架机器锻炼——等这件事办完，我又得马上跑回家，因为苏珊要在一点钟用水蛭治疗——这件事要用三小时呢！所以我真的是一分钟也不能多待了——除此以外（这是咱们悄悄说），我本来在这会儿该躺在床上才对，因为我几乎连站也站不住了——等把水蛭的事料理完，我敢说我们俩就该回到我们各人自己的屋子里去打发余下的时间了。"

"听你这么说我感到很遗憾，真的；不过如果真是这样的话，那我希望阿瑟来我们这儿。"

"要是阿瑟接受我的劝告，他也会去上床的，因为倘若他一个人自己一直待着，他当然会吃吃喝喝地超过了他的定量的；不过你看见了吧，玛丽，要让我跟你一道去丹海姆夫人府上是多么的不可能。"

"玛丽，我转念一想，"她丈夫说，"我不麻烦你去游说穆林司那件事了。我要找机会亲自去看看丹海姆夫人。我明白让你勉为其难地去做一件事是多么不合适了。"

就这样他的申请撤销了，他的妹妹也不能再为她自己多说一句话了。这正是他的目的，因为他已经觉察出她的那些话是何其荒唐。他确信不疑，它们必然要连累他自己那个比较合理的请托。帕克太太如蒙大赦，很高兴地带着她的朋友以及她自己的小姑娘出了门，登程去沙地屯府了。

这天早晨天气闷热而多雾，当她们到达山顶时看见一辆马车也在上山，却有好一阵子看不清究竟是什么样的马车。它一会儿一变样，开头像是两轮轻便马车，后来又像是四轮敞篷轻便马车——开头看见一匹马拉，后来又变成了四匹马；当她们正要倾向于那是两马纵列拖拉的马车的结论时，小玛丽那双年轻的眼睛认出了马车夫，马上就喊出来："是西德尼叔叔，妈妈，真的是他。"果真不错。

西德尼·帕克先生坐在一辆由他的仆人驾着的很干净的马车里，旋即与她们迎面相遇，他们全都停下来了。帕克家的人在他们自家人中间永远都表现出令人愉快的举止——西德尼和他的嫂子之间的会面非常友好，后者非常亲切地向他问好，满以为他正要去特拉法尔加府。然而他却否认了。"他刚刚从伊斯特波恩来，打算待上个两三天，也就是要在沙地屯——不过他要在旅馆下榻——他在那儿要等一两个朋友来和他会面。"

剩下的就都是些寻常的问候和寒暄了，西德尼非常亲热地跟小玛丽问了好，在黑伍德小姐的芳名被提到时颇有教养地鞠了一躬并致以得体的问候就分手了，说几个小时以后再见面。西德尼·帕克大约二十七八岁，生得一表人才，满面春风，一副时代骄子的样子。这次不期而遇给她们提供了好一阵子的令人愉快的讨论。帕克太太沉浸在西德尼将给她的丈夫带来的快乐中，想到他的到来将会使本地蓬荜增辉而感到喜不自禁。

通往沙地屯府的路是一条宽阔、美观、绿荫夹道的进路，两边都是田野，绵延四分之一英里，到了尽头穿过第二道门直达庭园。庭园虽然不甚广阔，然而那片郁郁葱葱的佳林秀木却把它装点得美丽气派。这类入口门多开在庭园或是围场的角落处，离它的边界又是那么近，一道外层篱笆几乎直逼路上——不是这里有一处角隅就是那儿有一处拐弯，因此显得距离很长。那道篱笆全是树桩围起来的一个维护得很好的漂亮园子；沿着篱笆长着挂满串串榆钱的榆树和成排的古老的荆棘。

应该说是规划得挺不错的。瞧，那儿还有几处空地——就是在穿过其中的一处空地时，她们刚一进入了围场，夏洛特马上就瞥见了在篱桩的另外一边有一个白色的形体。像是女人的；这形体马上就把布利利吞小姐带入了她的脑海——走到篱桩那儿，她真的看见了，而且很有把握，尽管雾气很大；布利利吞小姐坐着，就在她前面不远处，坐在从篱桩外边伸进来倾斜而下的堤坝底下，好像有一条狭窄的小路沿着篱桩延伸；布利利吞小姐坐着，显然很平静，而在她的身边坐着爱德华·丹海姆爵士。

他们二人彼此坐得是这样靠近，看样子是正在非常亲密地进行着愉快的交谈，夏洛特立时觉得她只能倒退回来而不能造次，不能吭声。他们的目的当然是要隐蔽起来了。眼前的情景只能激起她对克莱拉相当的反感；不过从她的地位看是不必太较真儿的。

她很高兴地觉察到帕克太太什么也没有看出来；如果夏洛特不是两人中最高的，那么布利利吞小姐的白色飘带就不会落入她那双更加明察秋毫的眼睛的视野之内。在眼前这一幕促膝谈心的场景激发出的其他道德思考中，夏洛特不得不想到秘密情侣们在寻找一个适合他们幽期密约的场所时的极端困难。也许就是在这儿，他们以为自己被隐蔽得万无一失呢！整个田野在他们眼前展开，他们背后是从未被人的足迹践踏过的一条陡峭的堤坝和篱桩，再加上这时云烟氤氲，真可谓天助人也。可是就是在这儿，她看见了他们。他们可真是时运不济啊。

沙地屯府高大华丽；两个仆人出来了，把她们请进去，一切都显得井然有序。丹海姆夫人一向以她的产业丰厚而自诩，她以极大的乐趣强调她的生活方式的秩序及其重要性。她们被领进了通常使用的起居室，这里布置得很得体，家具很考究；虽然这些家具不是新的，也不是花里胡哨的，它们原本质地就很优良，被保护得很好——因为丹海姆夫人并不在场，夏洛特可以优哉游哉地尽情浏览。她由帕克太太口中知道那幅很庄严气派的绅士的全身像，即挂在壁炉上方的那一幅，一眼就能看见的，就是哈利·丹海姆爵士的画像——而在这间屋子的那头，在许多小型画像中间，有一幅很不显眼的，画的就是豪里斯先生。可怜的豪里斯先生！不可能不让人感到他是受到了虐待；不得不在他自己的府邸里靠边站，眼睁睁地瞅着那最好的位置让哈利·丹海姆爵士牢牢地占据了。

苏珊夫人

常立　车振华译

1

苏珊·维尔农爵士夫人致维尔农先生

朗福德，十二月

我亲爱的弟弟：

我再也不忍坚辞上次我们分手时你诚邀我去邱吉尔村的建议，不愿让自己失掉去贵府小住盘桓几周之乐趣；如果你及维尔农①太太现在就方便招待我，我希望几天后就能被介绍给一位我心仪已久的姐妹。此地那帮善良的朋友非常热情，再三敦促我多待几天，然而他们殷勤好客，性格快乐，过于频繁地周旋于社交界，这于我目前的情况和心境未免不太相宜；因此我急不可耐地盼望那一时刻的到来，我能被允许进入你那快乐的隐居之处。我早就盼着结识你那几位亲爱的小宝宝了，我非常渴望能引起他们的兴趣，在他们的心灵中保留一隅之地。我很快就有机会表现我的韧性和刚毅了，因为我正要与自己的女儿分手。她亲爱的父亲的痼疾沉疴妨碍了我对她履行为人之母的本分和拳拳之心，我有太多的理由担心——我托付照管她的那位家庭教师并不胜任其工作。因此我决定把女儿放在城里一所最好的私立学校里，在我去府上的途中我将顺便亲自把她留在那儿。我决心已定，你瞧，

---

① 苏珊夫人已故的丈夫是长子，他继承了家庭的爵位和封号，故苏珊的头衔是"爵士夫人"。维尔农先生是次子，不继承爵位，没有封号，故他被称为"先生"，他的妻子被称为"太太"。

91

绝不能被邱吉尔府拒之门外。如果知道你并没有权利接纳我，我将会感到莫大的痛苦。

你最亲爱的对你感激不尽的姐妹

苏珊·维尔农

2

苏珊夫人致约翰逊太太

朗福德

你搞错了，我亲爱的阿丽萨，你以为我会在此地待到冬天过去吗？你真是大大地搞错了，这话说出来真让我感到难堪，因为我在这儿已经住了三个月了，鲜有比这些刚刚消逝的日子更加令人愉快的了。但是眼下我事事都不顺心。这家的女眷们齐心合力与我作对。你早就料到了这一点，那还是我初来朗福德时；曼沃灵不同寻常地高兴，对此我自己并不是没有担心的。我记得在驾车去那府上时跟自己说过："我喜欢这男人；求老天保佑千万别发生意外！"但是我决心要保持体面，我提醒自己我守寡方才四个月，应该尽可能地保持沉默——我确实也做到了这一点；我亲爱的宝贝，除了曼沃灵我对谁都不屑一顾。我一举一动尽量避免招人物议，除了那些来此休息的人，我没有对此地的任何人另眼相待，只有对詹姆斯·马丁爵士，我稍加青睐以便能离间他和曼沃灵小姐。不过如果世人能知道我的苦心何在，他们一定会夸奖我的。我一直被当成一位狠心的母亲，岂不知那完全是母爱的神圣冲动和为女儿的利益打算使然；如果那位女儿不是天下最愚蠢的傻瓜，我肯定能因为我的行为而得到我应有的回报——詹姆斯爵士真的已对我提出向弗里德丽卡求婚了，可是弗里德丽卡，她天生就是我的克星，却激烈地反对这桩婚事，因此我觉得目前最好先把这事放一放再说。我曾经不止一次地后悔我自己怎么没有嫁给他，如果他只要稍稍不那么无聊愚钝，我当然就嫁给他了，但是我必须承认我在那方面还是相当罗曼蒂克的，仅仅是有钱，还不能使我动心。当时的场面可真够刺激的。詹姆斯爵士走了，玛丽亚气坏了，曼沃灵太太大发醋意；她如此忌妒，恼羞成怒地反对我，盛怒之下我毫不吃惊她会乞灵于她的监护人①，如果她胆敢向他求告的话——但是你的丈夫站在那儿，我的朋友，而他一生中最善良、最可爱的行动是在她出嫁时将她永远抛开。因此我责成你让他保持他的愤怒。我们现在惨透了；没有哪一家比这里更天翻地覆的了；全家都陷入了混战，曼沃灵几乎不敢跟我说话。我真该走了；因此我决心离开他们，在本周，我希望能和你在城里痛痛快快玩一天。如果我在约翰逊先生心目中的位置还是那么低，那你务必来韦格茅街十号找我——但是我希望情况不至于如此，因为尽管约翰逊先生有那么多毛病，他还是当得起"可敬的"这一伟大头衔的，而且众所周知我与他妻子的关系非比寻常，他若对我倨傲不恭可就太不像话了。我把那个鬼地方当作城市，这是我的拿手好戏，因为我真的要去邱吉尔村了。请原谅我，我亲爱的朋友，这是我最后的一根稻草了。在英格兰哪怕还有一个地方对我敞开大门，我也不去邱吉尔。我并不喜欢查尔斯·维尔农，他的妻子也让我害怕。可是在邱吉尔起码我还得待到事情有了转机。我那位小祖宗陪我进城，我要把她托付给韦格

---

① 英国法律上指定照顾某一由于年轻或是无法照管自己事务的人。曼沃灵太太的监护人是阿丽萨的丈夫。

茅街的瑟莫斯小姐照管，直到她能有点儿长进为止。她会在那儿建立一些好的联系，因为那里的姑娘们全是好人家出身。不过学校收费昂贵，而且远远高于我所能够也愿意承受的价格。

再会。我一到了城里就给你写信。

你永远的

苏珊·维尔农

3

维尔农太太致德·柯尔西爵士夫人

邱吉尔村

我亲爱的母亲：

我非常遗憾地告诉您我们没有法子信守与您共度圣诞节的诺言了；我们因故不能享受那份快乐，而且看来也并不会从中得到任何补偿。苏珊夫人在给她弟弟的一封信中宣布了她要马上来我家做客的意愿，而且似乎这种访问十之八九只不过是一个随她方便的事，其逗留时间之长短不可逆料。我过去对这种事根本没有一点儿心理准备，我现在更说不上来她贵夫人此举到底是什么意思。朗福德从哪方面来说都不折不扣是最适合她的地方，无论是从那儿高雅奢侈的生活方式还是她对曼沃灵太太的特殊依恋考虑，这份突如其来的殊荣是我始料不及的，虽然她自从丈夫死后增进了与我们的友谊，常常让我遐想我们在将来的某一阶段可能不得不接待她。我觉得维尔农先生在斯泰福郡①时，可能对她有

---

① 英格兰中西部之一郡，其首府为斯泰福。

点儿好得太过分了。她对他的态度，且不说她的本性，自打我们刚一结婚，就是那么矫揉造作，那么鼠肚鸡肠，即使性情不如他那么绵善的人对这一点也不能视而不见；她是他哥哥的未亡人，而且现在家境窘困，是对她应该予以金钱援助的。虽说如此，我还是忍不住觉得他对她的盛情邀请完全没有必要。他老是一厢情愿地想别人的长处，她表演出的哀伤、悔悟，以及要谨慎行事的决心，都足以软化他那颗善良的心，让他真的相信她是真诚的。可是就我自己而言，她那一套还是蒙不了我；尽管她贵夫人在信里写得天花乱坠，我还是不能拿定主意，直到我弄明白了她造访我家的真正用意，我尊敬的母亲大人，这下您才能猜着我是以什么样的心情期待着她的光临。她将会有机会施展她那远近闻名的全部魅力，以赢得我的哪怕一丝好感；当然我也要努力提防，以免被她的花言巧语迷住，如果她没表现出什么真情实意的话。她极其诚恳地表达了最最热切与我认识的愿望，非常诚恳地提到我的孩子们，但是我还没有傻到指望她能喜欢上我的哪一个孩子——一个对她的亲生孩子，如果谈不上冷酷，那也是一个漠不关心的女人。维尔农小姐在她母亲来我们这里之前要被安顿在城里的一所学校里，我听了以后很高兴，为了她的缘故也是为了我自己。为她着想起见还是将她与其母分开为好；况且像她这么一个已经十六岁却还缺少调教的姑娘，在此地也未必是一个特别受欢迎的伙伴。我知道，李金纳德早就盼着能见识这位迷人的苏珊夫人了，我们就指望着他尽快和我们相聚了。听说我父亲身体一直挺不错，我很高兴。向你们大家问好。

凯瑟琳·维尔农

4

德·柯尔西先生致维尔农太太

帕克兰兹

我亲爱的姐姐：

和维尔农先生即将在你们家里接待英格兰最多才多艺的狐狸精了，我祝贺你们。对于这样一个风月场中的尤物，我永远都被训谕要尊重她；但是我最近碰巧听人说起她在朗福德的详细情况，这证明了她并没有把她的调情卖俏限制在那种能使绝大多数人满意的诚实体面的范围之内，而是一心巴望给人家全家带来灾难，以满足她自己幸灾乐祸的嗜好。她对曼沃灵先生的行为，引起了他妻子的妒意和痛苦，她对一个从前热恋着曼沃灵先生的妹妹的年轻人频送秋波，结果将这位可爱的姑娘的情郎从她身边夺走。这些情况我都是从一位现在住在咱们家附近的史密斯先生那儿听说的——我和他在赫斯特及韦尔福德吃过饭——他刚从朗福德来，他在那儿的府邸与她贵夫人盘桓了两个礼拜，所以他完全有资格通报她的情况。

她该是一个什么样的女人啊！我真想赶快见识见识她，因此当然要接受你的殷勤邀请，这样我就能对她那浑身解数形成某些看法了。她神通是这样广大，竟能在同一时间在同一府邸里同时让两个人神魂颠倒地为她献出爱情，然而他们俩谁都没有自由做此赠予——而且她做到这些根本无需青春的魅力。我很高兴发现维尔农小姐不和她母亲一道去邱吉尔，根据史密斯先生的说法，这姑娘根本无风度可言，而且又乏味又傲慢。傲慢一旦与愚蠢为伍，无论如何装腔作势也无济于事，维尔农小姐也只好忍受无情的轻蔑了；不过鉴于上述事实我敢推测，苏珊夫人具有一种迷人的骗术，能够去亲自证实和做一番侦察也不失为赏心乐事。我马上就能去你那儿了。

爱弟李金纳德·德·柯尔西

5

苏珊爵士夫人致约翰逊太太

邱吉尔村

我已经收到了你的字条，我亲爱的阿丽萨，正好就在我要离城之前。我很高兴约翰逊先生对你前天晚上的约会没有发生怀疑，这就让我放心了；毫无疑问最好还是让他完全蒙在鼓里为好；既然他还老是那么倔，就应该对他巧施妙计瞒天过海。我安全抵达此地，没有理由抱怨维尔农先生对我的接待；不过我承认对于他的夫人的态度我是不敢同等恭维的。她确实很有教养，不失名门淑女的风范，但是她的一举一动，并不能打动我，并不能博得我的好感。我想要她在接待我时快快活活的——我在这种场合下尽可能地表现得招人喜欢，可是徒劳无益，她压根儿就不待见我。平心而论，想当初我确曾煞费苦心阻挠我的小叔子娶她，目前这种貌合神离的形势原本在意料之中——不过它仍然表明了一种狭隘的报复心理，对于六年以前就影响了我的命运的那个计划耿耿于怀，那件事最终也没有成功。有时候我也有点儿后悔那会儿我们不得不卖掉维尔农古堡时没让查尔斯买走，可是当时情况相当棘手，特别是那买卖恰恰发生在他办喜事时——每个人都应该尊重那种微妙的感情，我丈夫的尊严会因为他弟弟占有了家族的产业而受到损害，我可咽不下这口气。如果事情能如人愿，使我们不是非离开古堡不可，如果我们能让查尔斯和我们生活在一起，并且让他一直当单身汉，我就一定不会劝说我丈夫把它随意处置了；但是那时查尔斯正要和德·柯尔西小姐结婚，那件事证实了我的做法是正确的。现在这家孩子一大堆，我从他之购买维尔农古堡又能捞到什么好处？我之阻挠这件交易，可能使得他的妻子对我没有好感，不过如果存心就不想喜欢一个人，何愁找不到理由呢？她本来对我就不满意，当然就看着我处处不顺眼了。说到银钱之事，他倒没有受到压制，不能做对我有用的事。我真的对他还有几分尊重，这人很容易让人牵着鼻子走。

那所宅子挺好，家具都很时新，处处都显示出富足和高雅。我相信查尔斯很有钱，一个人一旦在银行挂上了号，那他肯定是在钱堆里打滚了。但是他们不懂得如何处置他们的财富，不善于交朋友，除了办事从来不进城。我们将会要多无聊就有多无聊。我想要通过我的姒娌的孩子们来征服她本人；我已经把他们的名字全记住了，而且打算特别亲近一个孩子，一位小弗里德里克，我把他放在我的膝上，为他亲爱的伯父的缘故而叹息。

可怜的曼沃灵！——我无须告诉你我是多么的思念他——他是多么的令我久久思念挥之不去。我到达这里时发现他给我写的一封非常沮丧的信，全是抱怨他老婆和他妹妹，还有就是哀叹命运对他的残酷。我哄维尔农夫妇，说那信是他妻子写的，我给他写回信却要以给你的名义。

你永远的，苏·维

6

维尔农太太致德·柯尔西先生

邱吉尔村

我最亲爱的李金纳德，我已经看见了这个危险的尤物，应该给你做一番描述，虽然我希望你很快就能形成你自己的判断。她确实长得美艳绝伦。不过你可能要对于一位不再年轻的夫人的诱惑力心存疑虑，就我个人而言，我应该宣布我很少见过像苏珊夫人这样可爱的女人。她非常高雅，眼睛很美，是灰色的，眼睫毛黑黑的；从表面看她顶多不超过二十五岁，虽然她的实际年龄应该是要大上十岁了。我本来当然决意不欣赏她，虽然过去总听人说起她是个美人；但是我还是要忍不住觉得她将匀称、聪明和文雅集于一身，她确实美得超凡脱俗。她对我说话彬彬有礼，坦率，甚至可以说很亲热。如果我不是事先就知道她一向是多么反对我嫁给维尔农先生，而且我们过去未曾谋面，我就很可能会想象她是一个令人倾心的朋友。一般人，我相信往往由某人厚颜无耻的举止要联想到其人必是卖弄风情之辈，同样从一番冒失唐突的谈吐中一定能预料到其人心灵之无耻；至少我本人对于苏珊夫人对我表现出来的那种自来熟式的信任已经心中有数了；但是她的面容是绝对甜美，她的声音和举止温良得可爱。我很遗憾情况是这样的，因为除了欺骗这还会是什么呢？不幸的是人们对她太了解了。她又聪明又讨人喜欢，心有城府无所不知，使得谈话很容易；她很健谈，擅于辞令，字字珠玑；她的这种本事用来太得心应手了，我相信，她简直能把黑的说成白的。她几乎已经说动了我，让我相信她和她女儿的关系很亲密，虽然我早就知道了事实正好相反。她提到她女儿时充满了柔情蜜意，语调是那么温柔又那么焦虑，对于她的教育的缺欠荒疏是感到那么伤心——照她说来那完全是不可避免的。我不得不回忆起爵士夫人接连多少个春天消磨在城里，她女儿却被留在斯泰福郡让仆人照管，要不就是让一位家庭教师照管，反正好不到哪儿去。因此无论她说得多么天花乱坠都不能使我相信她。

　　如果她的举止对我的愤怒的心果真有这么大的影响，你就能猜出她这一手更能迷惑住慷慨大度脾气很好的维尔农先生了。我但愿我能像他那样满意，那才是她宁愿离开朗福德来邱吉尔的真正原因；如果她在那儿没有待上三个月就发现了她的朋友们的生活方式并不适合她的处境或感情，我就很可能相信——考虑到失去维尔农先生这样一位丈夫，对于他她自己的行为远非无懈可击，可能会让她希望暂时过一段隐居的日子。但是我不能忘记她访问曼沃灵家待了那么长时间，我一想到她和他们过的那种生活方式与她现在必须恪守的那种是迥然不同的，我只能猜想，她是想通过那种得体的手段（虽然已经晚了）建立起她的名声的愿望，使她从一个真正让她感到如鱼得水的家庭里搬出来。不过你的朋友史密斯的故事不可能完全属实，因为她与曼沃灵小姐保持着定期通信；无论如何，那故事是夸大了，两个男人同时被她玩得团团转，这是不大可能的。

你亲爱的姐姐，凯瑟琳·维尔农

7

苏珊爵士夫人致约翰逊太太

邱吉尔村

我亲爱的阿丽萨：

你对弗里德丽卡的事情感兴趣这真是太好了，这才是患难逢知己，真让我感激不尽；但是正因为我对你的古道热肠不敢有一丝一毫的怀疑，我才远不能强求你做出如此重大的牺牲。小女那傻丫头，姿质鄙陋根本就上不得台盘。所以我无论如何都不能烦劳你在她身上花费哪怕是一分钟的宝贵时间，不能把她送到爱德华街去，特别是每一次出门都要从她的受教正业中减去许多小时，而当她和瑟莫斯小姐在一起时我是希望时间都能用在那上头的。我希望她能学习到起码的弹琴和唱歌的技能，建立起自信心，因为她有着我的纤手和玉臂，此外，她的嗓子也还差强人意。我小时候太任性了，从来没有被要求去费心学习任何东西，结果我也就缺乏一位淑女所必备的才能。我并非在此提倡时下流行的那种精通语言艺术及技巧的全才式教育；那纯粹是虚掷光阴；一个女人精通法、德、意诸国语言，弹琴唱歌善写丹青，可以让别人拜倒在她的石榴裙下，却并不能在她的情人录上多增加一个名额。归根结底，最重要的还是高雅迷人的风度和落落大方的举止。我并不是说弗里德丽卡的修养一定就得超凡脱俗，让我庆幸的是，我相信她在学校里待的时间不会长得让她足以透彻地理解任何东西。我指望着看见她不出十二个月就能成为詹姆斯爵士太太。你知道我寄厚望于什么样的基础，这当然是一个好基础，因为像弗里德丽卡这么大的姑娘还得在学校里待着，她也会觉得面子上太不好看了。顺便说一句，有鉴于此，你最好不要再邀请她了，因为我希望她发现她的处境要多倒霉就有多倒霉。我永远都对詹姆斯爵士充满信心，只消略施小计就能让他重新提出求婚。与此同时我要麻烦你警告他在回到城里之后不要再拈花惹草；不定期地请他去你那儿坐一坐，跟他聊聊弗里德丽卡，这样他就不会忘记她了。

权衡利弊，我颇为欣赏我自己在这出戏中表演的这一手，我玩的这两下子既小心谨慎又不失温柔体贴，挺让我开心。有些母亲恨不得让她们的女儿在序曲刚奏响时就接受如此高贵的求婚者，但是我自己的对策是绝不强迫弗里德丽卡违心地嫁人；我的方法是苦肉计，让她过过苦日子，尝尝一意孤行自讨苦吃的滋味，到时候她就非接受他不可了。不过这死丫头已经让我谈够了。

你一定会感到好奇，我在这里是怎么消磨时光的——头一个礼拜，真是无聊透顶。现在总算是有点儿转机了；我们的小团体扩大了，增加了维尔农太太的弟弟，一个漂亮小伙子，他让我觉得后头准有好戏看。他身上有股劲让我觉得很感兴趣，那么一种肆无忌惮，好像是个自来熟，我以后要好好教训他，改正这个毛病。他很活泛，显得挺聪明，一旦我激发起他对我的尊重，超过他姐姐的温良恭俭让对他的影响，他肯定会是一个很合适的调情者。驯服一个倨傲不恭的家伙，让一个原本不打算对你正眼瞧一瞧的人转而承认你比他身价更高，那可真是其乐无穷啊。我的娴静方正心如止水已经打消了他的气焰，我还要乘胜追击，把这帮自视甚高的德·柯尔西们打得落花流水威风扫地，要证明给维尔农太太看看，她这位老姐的小心谨慎算是用错了地方，也要让李金纳德相信她对我是血口喷人。这一计划的实施至少能让我乐一阵子，能稍稍减轻我与你及所有那些我喜欢的人的分离而产生的痛苦。再会。

永远是你的

苏·维尔农

8

维尔农太太致德·柯尔西爵士夫人

邱吉尔村

母亲大人：

您甭想指望李金纳德在近期内能回家了。他想要我告诉您眼下户外的天气引诱得他接受了维尔农先生的邀请，延长了他在苏塞克斯逗留的时间，这样他们就可以一道去打猎了。他的意思是让赶紧把他的那几匹马给送来，因此也说不好您在肯特到底什么时候能看见他。我决不会在母亲大人面前掩饰我对这一变化的气愤，虽然我觉得您最好别告诉父亲，他对于李金纳德的过分焦虑将会让他受到惊吓，可能会大大影响他的健康和情绪。苏珊夫人当然已经精心策划，要利用这两个礼拜的时间让她弟弟爱上她。简言之，我相信他超过了原来约定的时间迟迟不归，说明了他对她的迷恋是不下于想和维尔农先生一道打猎的程度的，当然我也就无法从他的长期访问中得到那份我的弟弟做伴原本会带给我的快乐。我确实对这个荡妇的工于心计非常生气。对于她的危险的能力的证明，还有比李金纳德这一荒谬的判断更有力的了吗？想当初他刚来时是那么坚决地反对她。在他上一封信中他确实告诉了我她在朗福德干的几桩出格的事，诸如他收到一封对她很了解的绅士的信，如果情况属实，

103

真会激起公愤反对她，李金纳德那时是确信不疑的。他当时对她的评价，我敢保，并不比任何一介英吉利娼妓高。他刚来时，很明显地把她看得与任何一个无封号的人一样不值得一顾，他认为她是人尽可夫，任何一个男人向她调情她都会欣然领受。

然而说到她在这里的行为，我承认是很有分寸的，完全推翻了上述说法。我还没有侦察出一点儿有失检点的地方——相反她的整个人品都是那么吸引人——不自负，不做作，不轻浮，因此要是他根本不知道这个人以前的行为，对于他乐于和她相处我本不应该大惊小怪，但是看见他这样违反理智，不顾公愤，他对她竟然如此着迷倾心，确实令我吃惊。他的爱慕一开始就非常强烈，不过还是很自然的；我也并不奇怪他之被她的举止的文雅妩媚所震惊；但是当他最近提到她时，溢美之词甚多，就在昨天他竟然说，如此可爱的人品和如此非凡的才干无论能对男人的心产生多大的影响他都是不会吃惊的；当我悲哀地说出她的人品的劣迹时，他说无论她有什么错误，那都怪她受的教育不够，都怪她结婚太早，但那并不有损于她是个美妙的女人。

这种为她的行为开脱罪责的倾向，或者是因爱慕至深邃对之视而不见，让我大为恼火；而且如果事先我不知道李金纳德在邱吉尔这么自在，根本无须邀请就延长了他的访问，我就真该后悔不该让维尔农先生给他发出邀请了。

苏珊夫人的意图当然不外乎卖弄风骚了，或者是巴望得到众人的爱慕。我暂时还不能设想她是诚心当真的，但是看见像李金纳德这样有理智的青年竟然上了她的当，可真让我感到丢人败兴。余言不赘。

凯瑟琳·维尔农

9

约翰逊太太致苏珊爵士夫人

爱德华街

我最亲爱的朋友：

我为德·柯尔西先生的到来而向你祝贺，并且劝你要千方百计嫁给他；他父亲的产业就我们所知是相当可观的，而且我相信肯定是限定继承①的。李金纳德爵士身体极端虚弱，好像不会对你形成长久的威胁。我听说那位年轻人口碑很好，虽然没有一个人真的配得上你，我亲爱的苏珊，但是德·柯尔西先生还是值得你的青睐的。曼沃灵当然会大发雷霆，不过你会很容易就安抚他的。何况，即使是最严苛的清规戒律，也不可能要求你等到他获得自由。我见过詹姆斯爵士——上星期他来城里住了几天，来爱德华街拜访了几次。我跟他谈起你和令爱，他至今还没忘记你，因此我相信他将来无论娶你还是娶令爱都会很高兴的。我给了他弗里德丽卡会松口的希望，跟他讲了很多她已经大大长进的情况。我责备他不该向玛丽亚·曼沃灵求爱；他辩解说只不过是开开玩笑。她的失望逗得我俩开怀大笑。简言之我俩谈得很投机。他还是和以前一样傻。

你忠诚的

阿丽萨

---

① 法律名词，指将财产继承权限定在特定的继承人范围内，这样该财产就不会落在其他人手中。限定继承的财产通常都是传给长子的。李金纳德是唯一的儿子，他家庭的财产当然就是由他继承了。

10

苏珊爵士夫人致约翰逊太太

邱吉尔村

我非常感谢你,我亲爱的朋友,感谢你给我的有关德·柯尔西先生的忠告。这件事我也思忖过,深信其可行性,可还是下不了决心付诸实施。对于像结婚这样严肃的事情我不能轻易地下定决心,特别是目前我还并不需要钱用,也许一直等到那位老先生死了,我也不见得能从这桩婚事捞到多少油水。说真的,我有足够的自信,不费吹灰之力就可以把他搞到手,我已经让他领教到了我的魅力,现在能够享受征服者的快乐。我征服了一颗本来准备不喜欢我的心灵,这颗心灵对于我过去的一举一动都持有偏见。他那位老姐,我也希望已经领教了,一旦与长袖善舞的明智之士正面交锋,仅凭她那鼠肚鸡肠的一面之词要想败坏对方的名誉是何其不易。我一眼就看出来对于我这么快就得到了她弟弟的好评她深感不安,我敢断言她要不遗余力地与我作对;不过只要引起他怀疑她对我的看法是否公道,我觉得我完全能把她打得落花流水。

观察他对我日甚一日的亲密真乃赏心乐事,特别是注视他改变了举止——由于我含威不露的仪态的压制,他的举止逐日改进,原先的傲慢无礼渐渐接近于坦率的亲昵。我的表现同样是从一开始就很谨慎的,在我这一辈子我还从来没有像现在这样表现得更不像一个风骚女子,虽然我的统治欲可能也从来没有像现在这样更加坚定不移。我对他是晓之以理动之以情,就完全把他弄得服服帖帖的了,而且我敢大胆地说我已经把他弄得差不多爱上我了,这是那般最陈腐俗气的逢场作戏所不能同日而语的。维尔农太太那种处心积虑想要报复的意识，那是我的魅力所能刺激起来的。从她的种种破坏行为断定，仅仅是那种报复意识就能使她觉察到我是有意要装得这样温良贤淑。不过她爱怎么想爱怎么做都随她的便吧，我还从来没发现过一位做姐姐的忠告能挡得住一个年轻人陷入情网，如果他已经下了决心的话。我俩的关系现在正在朝着达成一定程度的信任的方向发展，简言之，我俩好像已经建立起了一种柏拉图式的友谊。在我这一方，你可以相信不会再进一步了，要不是因为我对他已有意——我是不轻易动情的——我就必定不会把我的爱情施舍给一个曾经竟敢如此小瞧我的男人。

李金纳德仪表甚佳，也不是配不上你听到的那些赞美，但还是远不如我们在朗福德的那位朋友。比起曼沃灵他还不够练达，不那么会讨女人欢心，在神侃那些能不仅使他自己而且也让别人感到受听的话题方面还略差一筹。可是他还是相当讨人喜欢的，能让我开心，使得我在这里的时光过得很快活，否则的话我就得煞费苦心地去攻克我那位小婶子的谨言慎行，聆听她丈夫的枯燥无味的聊天。

你关于詹姆斯爵士的报告让我很满意，我这就给弗里德丽卡小姐吹吹风，让她知道我的意图。

——你的

苏·维尔农

11

维尔农太太致德·柯尔西爵士夫人

我确实越来越为李金纳德感到不安了，我最亲爱的母亲，因为我已经证实了苏珊夫人的影响增长得太快了。他俩现在已经建立起了最引人注目、最特殊的友谊，老是长时间地促膝交谈，而且她已经做出了最巧妙最狡猾的媚态，很有成效地征服了他，让她牵着鼻子走。看见他俩的关系这么快就变得卿卿我我，谁也不可能不吃惊，虽然我还很难设想苏珊夫人是指望达到结婚的目的。我希望您能把李金纳德弄回家，找什么借口都可以，只要说得过去就行。他现在根本不打算离开我们，而我作为主人，已经在寻常礼貌许可的范围内给了他许多暗示，让他知道父亲的健康状况堪虞。那女人现在对他的影响力想必已经难以逆料了，因为她已经弄得他将以前对她的恶感一扫而光了，她还使得他不仅忘掉了她的所作所为，而且还为她的行径辩护。史密斯先生关于她在朗福德的行为的报告，他责备她在那里弄得曼沃灵先生和一位已经与曼沃灵小姐订了婚的年轻人疯狂地爱上了她，凡此种种李金纳德刚来邱吉尔时还是深信不疑的，可是现在他却被骗得相信那些全是捏造出来的绯闻。他如此这般的跟我说着，显出义愤填膺的样子，表现出他后悔了，以前不该偏听偏信。

她踏进这个家门真让我觉得倒霉透顶！我本来就预感到她来准没好事——可是我万万没想到竟然是李金纳德让我焦心了。我原来等待的是一个和我最合不来的家伙，却压根儿没料到我的弟弟存在着会被一个他很清楚其行径的女人俘虏过去的危险，要知道那人的品性他以前是那样从心底里瞧不起的。如果您能把他弄走，那可就太好了。

爱女

凯瑟琳·维尔农

108

12

李金纳德·德·柯尔西爵士致其子

帕克兰兹

我知道年轻人一般都不愿意旁人，即使是他们最亲的亲人过问他们的恋爱；但是我希望我亲爱的李金纳德要比那些将为父的一片苦心不屑一顾，认为他们享有特权不必对其父推心置腹而将其忠告当成耳旁风的人强得多。你应该清楚作为一个独生子和一个古老世家的代表，你在生活中的一举一动对于你的社会关系都干系甚大。特别是涉及婚姻大事，每一个细节都利害攸关，你自己的幸福，你双亲的幸福，以及你的名誉声望，无不维系于此。我并不是以为你会有意地不告诉你母亲及我，或者至少没有确知我们批准了你的选择就擅自缔结那样性质的关系；但是我还是不免要担心你会被那位最近缠上了你的夫人给勾引走。娶了她，那么你的整个家族，不管远近亲疏，都肯定会严厉谴责你。

苏珊夫人的年龄本身就是一个显而易见的障碍，但是她之名节败坏是一个要更严重得多的障碍，相形之下相差十二岁也就算不得什么了。如若你现在不是鬼迷心窍神魂颠倒，我现在来重复她那些弄得满城风雨的种种不轨行为也就显得太可笑了。她对自己的丈夫漠不关心，却去勾引别的男人，她奢华无度，放浪形骸，一点儿顾忌也没有，在当时谁也不可能装作看不见，在现在谁也不可能忘掉。在我们家，一提起她，那位善良的维尔农先生总是轻描淡写地一带而过；尽管他对于她慷慨大度地回护，然而，我们知道，她出于最自私的动机，曾经不遗余力、煞费苦心地阻挠他娶凯瑟琳。

我亲爱的李金纳德，我这一大把年纪和每况愈下的身体都使我急切渴望看见你早日成家立业。至于你的妻子是否有钱，鉴于我自己财产丰厚，绝不会在这上面计较；但是她的家庭和品性应该是同样无可指摘的。当你的选择已经确定在上述两方面都无懈可击时，我可以痛痛快快地高高兴兴地赞成你；但是我的责任是，反对一项凭借狡计显得挺风光，结果却会一败涂地的婚姻。

很可能她的行为只不过是出于虚荣心，或是希冀得到一个她想必是认为特别瞧不起她的男人的欢心；但是更可能的是，她是醉翁之意不在酒，她的目标瞄得更远。她很穷，因此很自然地想要寻求一种使她有利可图的联姻。你知道你自己的权利，要想阻止你继承家庭的财产不是我所能办到的。可是我可以在法律许可的范围内，在我的有生之年对你施行折磨，然而这种有失身份的报复行为是我在任何情况下几乎都难以去施行的。我将我的想法及意图对你和盘托出。我并不想让你害怕我，而是要打动你的理性和爱心。有朝一日若是知道你娶了苏珊夫人，将会要了我的老命。那桩婚事将会葬送了我的荣誉和自豪，而迄今为止我一直是把我的儿子当成我的荣誉和自豪的，那桩婚事将会使我一看见他，一听说他，一想到他就应该感到脸红的。

也许我扯了这么一大堆根本没用，但是写这封信使我心中的块垒一吐为快；因为我须告诉你：你对苏珊夫人的偏爱并不能瞒过你的朋友们。警告你要对她加以防范，这是我的责任。我很愿意听一听你不相信史密斯先生的情报的理由，一个月以前你对其真实性可是深信不疑的呀。

如果你能向我保证，除了愿意短时间享受一下与一位聪明女人交谈的乐趣你再无其他意图，以及止于爱慕她的美貌和能干但不要因此而对她的劣迹视而不见，你还可以将幸福归还给我；但是如果你做不到这些，请你至少给我解释是什么东西使得你对她的看法产生了这么大的转变。

余言不赘。

李金纳德·德·柯尔西

13

德·柯尔西爵士夫人致维尔农太太

帕克兰兹

我亲爱的凯瑟琳：

真不幸，收到你上封信时我正卧病在床。我得了感冒，眼睛很难受，不能阅读，所以我不能拒绝你父亲替我读信——这是他主动提出来的，也就是说他已经知道了你对你弟弟的全部担心。这让我深感不安。我本来打算一旦目力许可就亲自给李金纳德写信，尽我所能给他指出，像他这样年龄这般前途无量的青年，与苏珊夫人这样工于心计的女人保持密切关系的危险。此外我还想提醒他我们现在甚感孤独，非常需要他在冬日的漫漫长夜尽膝下承欢之义务。究竟我这样写有没有用，现在尚不得知；但是让我分外担心的是，李金纳德爵士已经对我们事先就料到会让他这样不安的一件事了如指掌。他一看你的信马上就明白了你的忧虑，而且我相信他到现在还在对这件事不能释怀；他给李金纳德写了信，让同一趟邮班捎走，这封信很长，全是关于那件事的，他特别要求李金纳德对从苏珊夫人那儿听说的情况与最近流传的骇人听闻的小道消息之间的矛盾做出解释。他的回信今天早上就到了，这封信我会给你附上的，因为我觉得你会愿意看一看的；我希望这封信能比较让人满意，但是看来这封信是基于对苏珊夫人要保持好感的决心写的，因此诸如他在结婚问题上的保证等说辞，并不能使我放心。可是我还是尽量说服你的父亲让他满意，当然自从收到了李金纳德的信他不那么焦虑了。多让人烦恼啊，我亲爱的凯瑟琳，你家里这位不受欢迎的客人，不仅阻挠了我们在今年圣诞节团圆，而且此刻造成了这么多烦恼和不顺心的事。代我吻吻那几个可爱的孩子。

你慈爱的母亲

C. 德·柯尔西

14

德·柯尔西先生致李金纳德爵士

邱吉尔村

我亲爱的爵士：

我刚刚收到了您的来信，这封信让我比以前更加感到吃惊。我猜，我得归功于我的姐姐，是她从这样的角度描绘我，损害了您对我的好感，以致让您惊恐万分。我不明白她为什么非要无中生有而宁愿让她自己以及全家焦虑不安，那件事我可以坚信，除了她自己，谁也不会认为是可能的。把这样一个意图强加在苏珊夫人头上无异于否认她所引以为荣的无与伦比的判断力，这一点即使是她的最恶毒的敌人也从来无法否认的；如果现在被猜疑我在这方面的举止上表现出对她有联姻的企图，那我一向引以为荣的常识理性也应该同样的大打折扣了。我俩在年龄上的差距肯定

112

是一个不可逾越的障碍，我恳求您，我亲爱的爵士，一定要心平气和，千万别再劳神费力瞎猜疑了，否则不仅搅乱了您的宁静，而且徒然伤害你我之间的互相理解和信任。

我之所以还要和苏珊夫人盘桓几日，无非是要暂时地享受一下聆听一位智力高度发达女人谈话的乐趣（正如您自己所说的）。如果维尔农太太在我逗留期间能够允许我对她及她的丈夫保持几分敬意，她就应该对我们大家都更公正些；但是我那位家姐不幸对苏珊夫人偏见太深。出于对她丈夫的热爱，虽然从本质上来说这对他们两人都是幸事，她不能原谅那些曾经力阻他们二人结合的做法，那些动作她认为是苏珊夫人出于私心而所为。不过在这一案例中，与许多其他情况一样，世人最粗暴地伤害了那位夫人，人们一味地把她朝最坏处想，使她的行为动机一直受到怀疑。

事实是苏珊夫人以前曾经听说了一些非常不利于我姐姐的言之凿凿的传闻，以至于她相信维尔农先生的幸福——对此她一直是挂怀于心的——将会被这桩婚事毁于一旦。这一事例，足以解释苏珊夫人行为的真实动机，洗刷掉劈头盖脸地扣在她头上的全部恶名；同理，也可以向我们证实任何人的道听途说是如何不足为信，因为无论一个人是如何正直，他都不能逃脱背后被别人恶意中伤的厄运。如果像我姐姐那样深居简出的人绝少机会或很不容易去干坏事，尚且躲不过流言蜚语的诽谤，我们就更不能不分青红皂白地对那些周旋于世俗，受到种种诱惑包围的人大加挞伐，他们本来就会因为精力充沛而犯下一些过错（这是人所共知的），而受到责难。

我严厉地责备我自己一直如此轻信查尔斯·史密斯杜撰的那

些有损于苏珊夫人的无耻谰言，因为我现在深信它们全是对她肆意恶毒的造谣中伤。至于说曼沃灵太太的妒忌，那纯粹是他自己的杜撰；而他报道的她对曼沃灵小姐的情人的勾引也没什么根据。詹姆斯爵士曾经被那位少女拖下水，所以对她偶加青睐；但是他是个有钱人，她想要嫁给他的目的究竟何在，这是一眼就可以看穿的。众所周知的是曼沃灵小姐是绝对地要抓住一个丈夫，由于另一个女人的无与伦比的吸引力，她失去了能够使一个有价值的人陷于绝对苦难的深渊的机会，尤其是没有一个人能够同情她。苏珊夫人远远无意于这样一种征服，在发现曼沃灵小姐对她情人的变心是多么的怒火中烧之后，尽管曼沃灵夫妇苦苦挽留她，她还是决定离开那家人。我有理由想象詹姆斯爵士确实正式向她提出了联姻的请求，但是她在发现他的依恋后马上就从朗福德搬走。我应该宣布她在那件事情上是无辜的，她是绝对光明磊落很有分寸的。我相信我亲爱的父亲大人，您将会认识到我的推理的真理性，这样您就能在这样一个蒙冤受屈的女子的问题上逐渐摆平了。

我知道苏珊夫人此次来邱吉尔村仅仅是出于最诚实和最亲切友好的意愿。她的谨言慎行堪称表率，她对维尔农先生优礼有加，而她之期望得到我姐姐的好感的心愿，则值得后者报之以一份比其实际所付出的要更加美好的回报。作为一个母亲，她与别人没什么两样。她对她孩子的呵护表现在她把她牢牢地握在手心里不放，这样那姑娘的教育将会是按部就班的；但是因为她没有大部分当母亲的那种盲目脆弱的偏向，她受到指责，说她缺乏母爱。不过每一个有识之士都将明白如何评价她的有头脑的爱心，而且将会和我一样希望弗里德丽卡能够会证实她将比她已经做到的要更加值得她母亲对她的体贴爱护。

我现在，我亲爱的爵士，将我自己对苏珊夫人的真实情感披露无遗；从这封信你将会知道，我是多么钦敬她的才干，多么尊重她的人品；但是如果看了我这封叙述详尽的信，得到了我的严肃的保证，您还是不能同样相信您的担心纯属无稽之谈，您将会深深地伤害我，让我苦恼。——再谈。

R. 德·柯尔西

15

维尔农太太致德·柯尔西爵士夫人

邱吉尔村

我亲爱的母亲：

我将李金纳德的信还给您，知道我的父亲看了那封信以后已经放心了，我也满心欢喜。所以请您告诉他我的看法，并且替我向他祝贺；但是我这话只能对您说，我必须承认这封信只能让我相信我的弟弟目前还不打算同苏珊夫人结婚——而并非是在往后三个月他没有这样做的危险。他对她在朗福德的表现做了一番貌似可信的描绘，但愿他的报告是合乎实际情况的，但是他的消息来源想必就是来自于她本人，因此我不大情愿相信那些话，倒是对于他俩之间表现出来的亲密程度更加感到悲哀，那是从他们俩在讨论这类话题时能看得出来的。

我很抱歉惹得他老大不高兴，但是既然他如此这般的热衷于为苏珊夫人打抱不平，也就不能再有什么更好的指望了。他现在真的对我是反感到极点了，可是我还是希望我没有匆匆忙忙地对她做出判断。可怜的女人！虽然我有足够的理由不喜欢她，我现在还是忍不住要可怜她，因为她现在真的很痛苦，原因还真是非同小可。今天早上她收到一位女士的来信，她女儿就放在人家那里，来信要求立刻将维尔农小姐领走，因为她企图逃跑被人家发现了。她到底为什么，或是要跑到什么地方，尚不知端倪；但是她的表现看起来并不是无懈可击的。这事真惨，当然对苏珊夫人是一个沉重的打击。

弗里德丽卡想必已有十六岁了，应该懂事了，但是听了她母亲那些片言只字的暗示，我认为她是个脾气乖张的姑娘。然而她也是怪可怜的，一直没有人关心她，她的母亲应该记得这一点。

她一决定了该怎么做，维尔农先生马上就动身进城去了。如果可能的话，他要说服瑟莫斯小姐让弗里德丽卡继续待在她那儿，如果他不能成功，就暂时先把她带回到邱吉尔村，直到能够为她找到另外的地方。苏珊爵士夫人此时正与李金纳德沿着灌木丛溜达以寻求安慰，在这痛苦的时刻我猜想她一定激起了他的全部柔情。她一直在跟我谈这件事，已经谈了许多许多。

她可太擅于辞令了。我这样说恐怕不够大度，或者我应该说她太会说话了，以至于不能给人的感觉很深刻。但是我决不吹毛求疵。她可能会成为李金纳德的妻子。上天不容！——但是为什么我比其他任何人都要看得更透彻呢？维尔农先生声言当她收到那封信时他从未见过比她更痛苦的人——那么说他的判断力是不如我的了？

她非常不愿意弗里德丽卡应该被允许来到邱吉尔，倒也是挺说得过去的，因为这好像是一种奖励，而她的行为本该是受到相应的报应的。然而不可能把她带到别的什么地方，况且她也不会

116

在这里久待。

"绝对必要的是，"她说，"就拿您来说吧，我亲爱的姐妹，您必须保持理智，当小女在这里的时候要对她严厉一些——这是一种最令人痛苦的必要性，但是我一定要努力接受这种局面。恐怕我一直是对她太溺爱了，但是我可怜的弗里德丽卡的脾气根本忍受不了相反的态度。你必须支持和鼓励我——你必须敦促我实行必要的责罚，如果你看见我太心慈手软了。"

这些话听起来非常合情合理。李金纳德被激怒了，他竟然如此反对那个可怜的傻丫头！确实，他并不是要讨苏珊夫人的欢心才如此激烈地与她的女儿过不去；他对于她的看法肯定是从那位做母亲的嘴里听来的。

好了，无论他的命运会是怎么样的，我们现在引以自慰的是我们知道我们已经尽了最大的努力拯救他。这件事我们必须仰仗全知全能的上苍。

凯瑟琳·维尔农敬上

16

苏珊爵士夫人致约翰逊太太

邱吉尔村

从来没有，我亲爱的阿丽萨，我这一辈子还从来没有被像今天早上收到瑟莫斯小姐的来信这样的事气得那么厉害过。我那位该死的姑娘竟然企图逃跑——我以前从来没想到她竟是这么一个小鬼头，她表面看去继承了维尔农家全部柔和怯懦的性格；但是在收到了我那封宣布关于我对于詹姆斯爵士的打算的信以后，她可真的谋划着私奔了；至少，我不能设想她还有其他理由这样做。我猜想她打算去斯泰福郡的克拉克家，因为她没有别的熟人。但是她将会受到惩罚，她必须嫁给他。如果他能干的话，我已经打发查尔斯进城去挽回事态了，因为无论如何我都不想让她来这儿。如果瑟莫斯小姐决不肯留下她，你必须给我另外找一间学校，除非我们能把她马上嫁出去。瑟小姐写信说那位年轻小姐的举止太古怪了，她无法让她就范。她的话愈加让我相信我自己私下里对这件事的解释是完全正确的。

弗里德丽卡太害羞了，我觉得太害怕我了，所以不会说出真相；但是如果她叔叔凭他那副软心肠从她嘴里抠出来任何情报，我也并不害怕。我相信我可以把我的故事编造得和她的一样动听。如果我真的有什么可以自负的，那就是我的雄辩术。如果说如花似玉能招蜂引蝶惹人爱慕，那么伶牙俐齿同样能让人仰慕从者如云。而现在恰逢时机，正是我大显身手的时候，因为我大部分时间都是消磨在谈话上的。除非我俩单独在一起，李金纳德绝不会感到惬意，只要天气好，我俩就一起在灌木丛旁边踱步一连好几个小时。我对他整个人都喜欢得不得了，他很聪明很能说，但是有时候他太鲁莽无礼，老惹麻烦。在他身上有一股敏感的劲儿很可笑，对于他听说的有关不利于我的传闻他都要打破砂锅问到底，而且直到他认为他已经把每一件事情的来龙去脉都弄得个水落石出了他才罢休。

这也算是一种爱情——不过我承认这种爱情并不特别对我的口味。我毫无保留地选择曼沃灵的温柔和洒脱的气质，从他的爱情中看得出他对我的长袖善舞佩服得五体投地，他相信我无论做什么事情都绝对正确；而对于那种老是提出问题老是拿充满怀疑的想象来折磨人的情人，我是瞧不上眼的，因为那种人似乎永远都在争辩着他的激情是否合乎理智。曼沃灵不用说是远非李金纳德能够望其项背的——除了与我在一起的胆量，在各方面都要比他优越。可怜的东西！他完全被忌妒弄得六神无主了，对此我并不感到内疚，因为我知道对于爱情来说没有比这更好的实证了。他一直恳求我让我允许他到这里的乡下来，就在我的住处附近隐姓埋名地租间房子——但是我禁止任何此类事情。凡是不顾忌公众舆论不守妇道的女人们都是不可宽恕的。

S. 维尔农

17

维尔农太太致德·柯尔西爵士夫人

邱吉尔村

我亲爱的母亲：

维尔农先生于星期四晚上回来了，带回来了他的侄女。苏珊夫人从日班邮差收到他的一封短简，通知她瑟莫斯小姐断然拒绝让维尔农小姐继续待在她的学园。我们于是就为她的到来做准备，整个晚上都急不可耐地盼着他们。我们正在喝茶时他们到了，当弗里德丽卡走进屋子时，我这一辈子还从来没有见过哪一个活人会像她那样被吓得魂不附体。

苏珊夫人，在这之前一直流着眼泪。想到与女儿会面，她显露出极大的不安，在接待她时则是完全克制住了自己，一点儿柔情也没有流露。她几乎不跟她说话，我们刚一坐下来弗里德丽卡就流出了眼泪，她赶紧就把她拉出了房间，过了很久才回来。当她回来时，她的眼睛显得红红的，她又和以前一样不安了。当天晚上我们再也没有看见她的女儿。

可怜的李金纳德过分急切地要去探望他这位陷于如此痛苦的可爱的朋友，在注视她时他的眼神是如此脉脉含情，而我呢，恰好捕捉住了她正在观察他的面容时那种喜极欲狂的表情。真让我再也看不下去了。这种情绪化的表演持续了整整一个晚上，如此夸示做作的表演完全给我证实了她事实上根本就觉得无所谓。

自从我见了她女儿之后，我比以往任何时候都要对她更加感到愤怒。那可怜的姑娘显得那么凄楚，真让我看着心疼。苏珊夫人确实太厉害了，因为弗里德丽卡根本不像是那种非要严加管束的坏孩子。她完全是一副胆小羞怯、郁郁寡欢、诚心诚意的样子。

她长得很好看，虽然不如她母亲艳丽，一点儿也不像她。她面容娇媚，楚楚动人，但是不如苏珊夫人风流袅娜光彩照人——她完全是维尔农家的模子刻出来的，鹅蛋形的脸和乌黑的眸子。当她和我或者她叔叔说话时，她的面容显得特别甜美可人，因为我们对她很和善，我们当然得到了她的感激。她的母亲一直在暗示说她的脾气很难对付，但是我从来没有见过比她那张脸更不像是品性恶劣之辈的了；从那张脸上我现在看出来两人彼此对峙时的态度，苏珊夫人的一成不变的严厉，和弗里德丽卡的沉默的气馁。我不由自主地要相信前者对她的女儿并没有真正的爱心，从来没有公正地对待过她，从来没有给过她一丝关爱。

我还没能与我的侄女真正交谈过；她太害羞了，我觉得我能看出来有人暗中起劲地阻止她过多地接近我。迄今为止还没有泄露出令人满意的理由说明她逃跑的真正原因。她善良的叔叔，您一定能想象得到，过于担心会吓着她，因此一路上并没有多问问题。我真希望当时可能是由我代替他去接她回来的；我敢保在三十英里的行程中我一定能发现真情。

　　那架小钢琴，由于苏珊夫人的请求，在这些天中已经被挪进了她的化妆室，弗里德丽卡的大部分时间都消磨在那里；据说是在练琴，但是我在经过那里时几乎听不见任何声音。她到底一个人在那里干什么我不得而知，那间屋子里有许多书，不过并非每一个在其生命的头十五年中就敢撒野出逃的姑娘都能够或者都愿意读书的。可怜的东西！凭窗眺望那景色可对她并没什么益处，因为从那间屋子俯瞰着那片草坪——您知道就是一边长着灌木的，她能看见就在那儿散步已经有一个小时的母亲，与李金纳德在一起谈得正热火朝天呢。像弗里德丽卡这般年纪的姑娘想必还未脱尽稚气，如果此情此景并不会让她受到刺激的话。给女儿树立这样一个榜样难道是可以轻易原谅的吗？可李金纳德还是认为苏珊夫人是天下最好的母亲——还是谴责弗里德丽卡是个没心没肺的姑娘！他相信她之企图逃跑，根本没有正当理由，是无缘无故的。我确信我还不能说她这种行为就一定有什么理由，但是既然瑟莫斯小姐宣布在维尔农小姐被觉察出有逃跑的诡计之前，她在韦格茅街期间并没有显示出一点儿乖张固执或者脾气别扭的迹象，那么我就不能一厢情愿地相信苏珊夫人已经让他相信并且也想让我相信的那些理由，即只不过是不耐烦拘束，因此就想逃避教师的管教，这才导致了逃跑的计划。噢！李金纳德，你的判断力受到了何等的奴役！他甚至几乎不敢承认她长得好看，当我说到她的美貌时，他仅仅回答说她二目无光。

　　他一会儿断言说她脑瓜儿迟钝，一会儿又说她脾气不好。简言之，当一个人老是要昧着良心说话时，是不可能前后一致的。

121

苏珊夫人发现让弗里德丽卡受到斥责这对于证明她本人的正确性是很有必要的，可能有时候还觉得骂她天性顽劣或是表现出可怜她缺乏理性这样也会对她有利。李金纳德则仅只是跟在她贵夫人后面鹦鹉学舌。

您的

凯瑟琳·维尔农

18

同一写信者致同一收信者

邱吉尔村

我亲爱的夫人：

我很高兴我对于弗里德丽卡·维尔农的描述引起了您的兴趣，因为我相信她确实值得我们的呵护，而且在您听了我向您通报最近令我大吃一惊的一件事以后，我肯定您对她的好感，还会大大增加。我忍不住要想象她正在越来越变得对我的弟弟格外青睐了，我经常看见她目不转睛地看着他的面孔脉脉含情哀婉凄楚，真是太明显了！他当然是很漂亮了，而且还有——他的举止显得坦诚大度，那是应该给人造成极好印象的，我敢保她也一定感觉到了。在一般情况下她总是面带沉思和忧郁，可是当李金纳德一说了些有趣的话，她的脸上马上就绽放出灿烂的笑容；就让那话题继续是这样严肃认真吧，这样他就可能继续谈下去了，如果哪怕有一个字儿从她耳旁溜走，我就是大错特错了。

我想让他理解这种情况，因为我们了解感激的力量对于像他那样人的心灵的作用；如果弗里德丽卡天真无邪的爱慕能够把他从她母亲身边拖走，我们就真该感谢把她带到邱吉尔的那一天。我认为我亲爱的夫人，您肯定不会不接受她做您的女儿的。她太年轻了，这确实不假，没有受到良好的教育，她母亲的榜样又是这么糟糕；但是我还是能断言她品格端方，天分很高。

虽然她不善琴棋歌画，可她绝非一般人想当然的无知等闲之辈，因为她非常喜欢读书，她的主要时间都花在读书上了。她母亲现在比以前更多的不去管她，我就尽可能地让她和我待在一起。我已经花了很大的力气去克服她的羞怯。我们俩现在成了忘年交，虽然当着她母亲的面她从来不开口，可是和我在一起时她也是够能说的。这清楚地说明了如果以前她能受到苏珊夫人的合适的待遇，她一定会永远都表现出多得多的优点。一旦脱离了束缚，就绝没有比她更文雅、更深情的有情人了，也绝没有比她举止更得体的了。她的小堂弟妹们都很喜欢她。

爱您的

凯瑟琳·维尔农

19

苏珊爵士夫人致约翰逊太太

邱吉尔村

我知道你一定是急于想要听到关于弗里德丽卡更进一步的情况，没准儿还会觉得我把这事淡忘了，因为此前我没有写信。她是两周之前的那个星期四同她叔叔一块儿到达的，我当然就不失时机地要求她解释她的行为的原因，而且马上就发现我自己事先已经完全正确地将原因归咎于我自己的那封信了。那封信的目的简直把她吓瘫了，结果出于女孩子家的那股别扭劲儿，再加上一股子傻气，她根本不想一想她即使能从韦格茅街逃跑出来也休想逃出我的手心，于是她决定离开那个地方，然后就旅行到她的朋友克拉克家去。可是她还没有跑出两条街去就被发现不见了，被跟上了，终于被拿住了。

这就是弗里德丽卡·苏珊·维尔农小姐的首战捷报，如果考虑到这成就是在十六岁这样一个乳臭未干的年龄取得的，那么我们可以想象得到她还会声名大振，因为好戏还在后头呢。然而让我分外恼火的是那场表演恰到好处，使得瑟莫斯小姐不让那姑娘继续待下去；考虑到我的女儿的亲戚都是些何等样人，那场表演显得真像是一个空前绝后的杰作，因此我只能猜想那位女士是唯恐再也得不到钱了。管它的呢，反正弗里德丽卡现在是回到我的手心了，现在哪儿也不需要她，她正在忙着根据她的罗曼司①计划行动呢——这原已是在朗福德就开始了的。她真的爱上了李金纳德·德·柯尔西。她不服从母亲的旨意，拒绝了一桩无懈可击的求婚这还不够；她想必还会不经母亲许可就向人表白爱情。我从来没见过像她这般年纪的姑娘，更比她自甘堕落沦为笑柄的了。她的情感活泛得可以，在展示她的情感时她显得天真无邪，笨拙得可爱，因此有一千个一万个可能性让她被每一个看见她的人取笑和蔑视。

天真无邪在风月场中根本无济于事，那闺女天生头脑简单，她那副天真的模样不是与生俱来的就是假装出来的。我现在还拿不准李金纳德是不是看出来了她打算做什么；也不能肯定这一

---

① 富有浪漫色彩的恋爱故事或惊险故事。

点是不是很重要；她现在根本没被他放在眼里，一旦他明白了她的情感她只有被轻蔑的份儿。她的美貌受到维尔农一家的极大爱慕，但是对他一点儿影响也没有。她受到她的婶娘的高度宠爱——当然是因为她几乎一点儿也不像我了。她与维尔农太太真称得起天造地设的伴侣，后者非常喜欢出风头，在谈话时竭力显出大智大慧非她本人莫属；弗里德丽卡绝不会盖过她的。她刚刚到这里时，我煞费苦心地想要阻止她尽量少与她的婶娘照面，但是后来我放松了警惕，因为我相信我可以指望她遵守我已经为她制定的在她们二人交往时需遵守的规则。

不过千万别以为我这样宽大为怀，我就会暂时放弃要把她嫁出去的计划；不，在那件事上我是决不动摇的，虽然我还没有完全想好到底采取何种方式把这事情提出来。我不愿意让这件事在此地引起注意，免得让维尔农先生及其夫人这两位智者有时间去充分讨论；可是我又受不了现在就进城的折腾。所以维尔农小姐还得少安毋躁。

S. 维尔农谨启

20

维尔农太太致德·柯尔西爵士夫人

邱吉尔村

现在我家在接待一位不速之客，我亲爱的母亲。他是昨天到的。当时孩子们正在用餐，我也在跟前，听见门口有马车驾到时，我想也许需要我去接待，于是立刻就离开了育儿室，刚下了一半楼梯，就看见弗里德丽卡面如死灰往上跑，从我身旁冲过去进了她的房间。我赶紧跟上去，问她是怎么回事。"噢！"她喊出来，"他来了，詹姆斯爵士来了——我可怎么办呢？"这并不是解释；我求她告诉我她到底是什么意思。就在这时有人敲门，我们被打断了；那是李金纳德，他是奉苏珊夫人之命前来叫弗里德丽卡下楼的。"原来是德·柯尔西先生，"她说，满脸通红，"妈妈派人来找我了，我得走了。"

我们三人一块儿下了楼，我看见我的弟弟非常吃惊地打量着弗里德丽卡那张被吓坏了的脸。在早餐室里我们发现了苏珊夫人，还有一位外表斯文的青年，她给我介绍说那人是詹姆斯·马丁爵士，就是那位，想您一定记得，就是据说是她费了很大力气从曼沃灵小姐那儿夺过来的那人。但是这个战利品似乎不是为她自己设计的，要不就是她后来把这份战利品转送给了她自己的女儿，因为詹姆斯爵士现在不顾一切地爱上了弗里德丽卡，而且是得到了当妈妈的充分鼓励。那位姑娘我敢保她根本不喜欢他；虽然他人样挺好服饰华美，无论是维尔农先生还是我都觉得这位年轻人显得怪孱弱的。

弗里德丽卡显得是那么害羞，那么慌乱，当我们进了那间屋子时，她让我看着格外心疼。苏珊夫人对她的客人显出了巨大的关注，可是我还是以为我能觉察出她看见他时并没有感到特别高兴。詹姆斯爵士滔滔不绝地说着，为他冒昧来邱吉尔造访找了许多漂亮的借口，在说话时老是不必要的大笑；他翻来覆去地说了许多事情，跟苏珊夫人一连说了三遍他几夜前看见过约翰逊太太。他不时地跟弗里德丽卡搭话，但是更多的是与她的母亲说话。那可怜的姑娘一直都在低头闷坐，根本不开口；她眼睛盯着地板，脸色红一阵白一阵，而李金纳德将这一切全都看在眼里，一直保持沉默。

最后苏珊夫人，我相信是坐得不耐烦了，提议去散步，于是我们就由那两位绅士帮着穿上了大衣。

当我们上楼时苏珊夫人请求允许她在我的更衣室里与我待上几分钟，因为她非常焦急地要与我私下里谈谈。我于是就领着她进去了，门刚一关上她就说："我这一辈子还从来没有遇到过像眼下詹姆斯先生闯上门来这样更让我吃惊的事情了，这突如其来的事情要求我向你我亲爱的妹妹道歉，虽然对我这位当母亲的来说，让我觉得面子上很光彩。他对小女是如此情意缠绵，弄得他简直一天不见她就活不成了。詹姆斯爵士是一位讨人喜欢的青年，口碑极佳；可能就是有点儿太饶舌了，不过只消一两年的工夫这毛病就能改过来，而且从别的方面来看对于弗里德丽卡他并不失为一位如意郎君。因此我一直都在注意观察，发现了他对弗里德丽卡的恋恋不舍，这让我很高兴，我相信你和我的兄弟一定会衷心同意这桩婚事。以前我从未对任何人提到过这件事变成现实的可能性，因为我觉得弗里德丽卡还在上学期间，最好还是不要张扬此事为好；但是现在，由于我确信弗里德丽卡，年纪太大了，不愿意再受到学校的严格管束了，于是开始考虑她与詹姆斯爵士的结合，因为这事已经是不太遥远了。我原来就打算几天以后把这件事原原本本跟你本人及维尔农先生讲清楚。我相信我亲爱的妹妹，你一定会原谅我这么长时间对这件事保持沉默，并且同意我的看法——这种情况，不管什么原因现在还是悬而未决的，就不可能太谨慎小心地掩藏起来。当若干年后你体会到将你甜蜜可爱的小凯瑟琳的终身托付给一位男士那份快乐时，他无论从人品还是社会关系都无懈可击，你到那时就能体会到我此刻的心情了；

虽然，感谢上苍！你不可能知道我对于这样一种事件所感到高兴的全部理由。凯瑟琳到时候一定会得到一笔厚厚的陪嫁，不像我的弗里德丽卡根本没有能保证她过舒服日子的富裕家产。"

她说完这番话时要求我祝贺她。我相信我祝贺她时显得很尴尬；因为事实上，突如其来地将这样一件重要的事情公开使我变得张口结舌。可是她还是非常亲热地向我表示感谢，因为我对她本人以及她女儿的切身幸福一向关心备至，然后又说：

"我不善于表白，我亲爱的维尔农太太，我也没有随机应变的本领去假装出与我的本心格格不入的情感；因此我完全有把握让你相信当我宣布说我在认识你之前就听到了对你的许多赞美，我那时并不知道我现在竟然也会和别人一样那么喜欢你；应该进一步说你对我的友谊是更加令我感激，因为我有理由相信有人企图让你对我抱有偏见。我仅只希望他们——不管他们是谁——承蒙他们对我如此厚爱，能够看见我们两人现在在一起是处得多么好，并且理解我们两人对于彼此的真正的感情！不过我不会耽搁您更多的时间了。上帝保佑你，因为你对我及小女是这么好，愿上帝保佑您今后能继续这样幸福下去。"

对于这样一个女人，我亲爱的母亲，一个人能说些什么呢？——她说的是这样诚恳，态度是这样庄重！可是我还是禁不住要怀疑她所说的每一件事的真实性。

至于李金纳德，我相信他还不知道该怎样对待这件事情。当詹姆斯爵士刚进屋时，他显得万分惊骇又十分迷惑。那位年轻人的愚蠢和弗里德丽卡的心慌意乱吸引了他的全部注意力；虽然与苏珊夫人几分钟的私下交谈对他产生了影响，但他仍然受到了伤害——我确信那是因为她竟然允许这样一个人向她的女儿献殷勤。

詹姆斯爵士不请自到泰然自若地赖在这儿有好几天了；他希望我们不会觉得这有什么不得体的，虽然他明白这件事很是鲁莽，可是他还是俨然摆出亲戚的架势，最后还笑着说，他希望但愿很快就真的能成为我们的亲戚。甚至就连苏珊夫人听见他这唐突的表白都显得有点儿发窘——我相信，在她心底里她真恨不得让他赶快开路。

但是必须为这个可怜的姑娘想想办法，如果她的情感确实是我及她叔叔相信的那样。她绝不能为权谋牺牲，也不能成为野心的工具，也不能让她老是为此担惊受怕。这丫头，她可真是慧眼识英雄，能够发现李金纳德·德·柯尔西与众不同，尽管他可能还瞧不起她，她确实配得上享受比当詹姆斯爵士的妻子要更好的命运。只要我能和她单独待在一起，我就一定要发现事情的真相。可是她好像希望能躲开我。但愿这不是出于什么不好的企图，我希望我不会发现我一直把她想得太好了。她在詹姆斯爵士面前的举止充分说明了她什么都知道，看得出她很难为情；然而并不像是对后者有任何的鼓励。再会，我亲爱的夫人。

你的永远的

凯瑟琳·维尔农

21

维尔农小姐致德·柯尔西先生

阁下：

我希望您能原谅我的冒昧，我实在是痛苦得不得了才不得已而为之的，否则的话我根本就不好意思打搅您。詹姆斯爵士让我一想起来就觉得伤心，除了给您写信我再也想不出其他方法来帮助我自己了，因为我甚至被禁止与我的叔叔及婶娘谈这件事；事实就是这样，我真担心我向您求告结果看起来也顶多不过是说了些语焉不详的话，好像我只是计较妈妈的命令的表面意思而没有领会其精神实质，但是如果您不站在我这一边，不劝说她赶快停止这件事，那我非气得发疯不可，因为我现在连听他的名字都受不了。除了您，别的人都不可能有机会说动她。如果您能大发善心站在我这一边对付她，劝说她把詹姆斯爵士打发走，那我对您的感激将不是用语言所能表达得了的。我从一开始就一直不喜欢他，我向您阁下担保这绝不是心血来潮突发奇想，我一直就觉得他又傻又鲁莽又让人讨厌，现在他变得比以前还要有过之而无不及。我宁愿自己干活挣面包也不愿意嫁给他。我不知道怎么样为我的这种冒昧道歉才算得体，我知道我是太冒昧失礼了，我也知道这将会惹得妈妈大动肝火，但是我必须冒这个险。

您最恭顺的仆人 F.S.V

22

苏珊爵士夫人致约翰逊太太

邱吉尔村

这可真是气死我了！我亲爱的朋友，我还从来没有像现在这样气得受不了过，因此非给你写这封信不可，否则不吐不快。我知道你善解人意，对我体贴入微。星期二除了詹姆斯爵士还会有谁闯上门来呢？你猜一猜我的惊讶和气恼——因为你知道得很清楚，我从来也不希望他在邱吉尔露面。真是太遗憾了，你竟然

130

事先不知道他的意图！他来看一看还不够，他实际上是不请自来，在这儿一连待了好几天。我本来是可以让他大大败兴的；然而我巧妙地进行了斡旋，我跟维尔农太太讲述了我的故事获得了极大的成功，无论她的心里是怎么想的，她没有说一句反对我的话。我还坚持要求弗里德丽卡在詹姆斯爵士面前要举止文雅，让她放明白我下定决心要把她嫁给他。她说了些她不高兴的话，但也仅此而已。我特别坚持要促成这件婚事已经有一阵子了，因为看见她对李金纳德的爱慕与日俱增，还因为我觉得不大放心一旦那种爱慕被对方知晓了，结果会不会激起相应的回报呢？让我鄙视的是，一种只不过是由于同情而产生的关注，竟然能使他们俩都迷上了对方。在我看来，我万万不敢确信如此这样的关注不可能是非同小可的。李金纳德对我并没有变得有一丝一毫的冷淡，这是真的；但是最近他一直不必要地提到弗里德丽卡，老把她的名字挂在嘴边，而且有一次还说了些赞美她的人品的话。

对于我的客人的出现他大大地吃了一惊。开头在观察詹姆斯爵士时他那副表情让我看了很高兴，那不是没有掺杂着几分醋意的；然而不幸的是情况不可能让我真的对他实行折磨，因为詹姆斯爵士虽然对我殷勤备至，可是很快就让大家都知道了他那颗心是奉献给小女了。

当我和德·柯尔西在一起时我没费多大劲就说服了让他相信我，向他证明了我是有充分理由想要促成这门婚事的，一切都是经过深思熟虑的；整个事情的安排看来是很令人愉快的。他们谁也能看出詹姆斯爵士不是所罗门[①]，但是我已经断然禁止弗里德

---

① 为古代以色列人的国王，现借指非常智慧的人，"不是所罗门"意为愚蠢。

丽卡向查尔斯·维尔农或者是他的妻子发牢骚，他们俩于是也没有妄想要进行干涉，虽然我那位不知天高地厚的姐妹我相信只要有机会还是一心想要有所动作的。

无论如何一切都显得很平静顺利；虽然我是一个小时一个小时地计算着詹姆斯爵士在这里滞留的时间，我心里完全满意整个事态的发展。那么请你设想当我的全盘计划遭到突然的干扰时我会作何感想，起码从一个方面考虑，我也有理由要事先估计到会有什么不测发生。李金纳德今天早上来到我的化妆室脸上显出不同寻常的严肃，在寒暄过后他跟我说了一大段话，意思是他希望让我明白违背小女的意愿允许詹姆斯爵士向她求爱那是何其荒唐，对小女来说是多么残忍。我大大吃了一惊。当我发现他无心与我开玩笑时，我心平气和地要求他给我一个解释，恳求他告诉我他是出于什么义愤，他又是受谁的指使来兴师问罪的。然后他告诉我——言辞中间还夹带着几句蛮横无理的恭维话和不合时宜的温柔的表白，这些话我全当耳旁风似的听着——他说是我的女儿告诉了他一些有关她自己、詹姆斯爵士以及我的情况，这让他深感不安。

简言之，实际上我发现是她首先给他写信的，要求他进行干预。收到她的信后他与她就此事进行了谈话，以便了解细节详情，搞清楚她的真实意愿。

我一点儿也不怀疑是这丫头自己乘机向他直截了当地求爱；我对此深信不疑，这从他提到她时的态度就可以看出来。这样的爱情对他好处大着呢！我从今以后要永远瞧不起那种看见人家哭哭啼啼就心软的男人了，本来并没有人指望他去激起，也没有人央求他去认可这种悲情的。我今后要永远讨厌他们两人了。他竟然能对我没有真正的敬意，否则的话他就根本不会听进去她那些话了；还有她，她乳臭未干情窦未开，竟胆敢造反，投身于一个她以前几乎没跟人家说过两句话的年轻男人的怀抱请求保护。对于她的厚颜无耻和他的轻信我是同等的百思不得其解。他怎么竟敢相信她所说的那些不利于我的话！难道他不应该确信我之所以这样做想必是有无可辩驳的动机吗？那么他对于我的理智和美德的信赖何在？他应该表现出来的愤怒又何在？如果他对我怀有真正的爱情，那么在遇到诽谤我的人时他就应该愤而挺身予以还击的，而那家伙，还是一个毛丫头，一个小孩子，无才失教。难道他不是一向被教导应该瞧不起这种人的吗？

我继续保持平静，但是即使是最大程度的忍耐也有被克服的时候；我希望后来我是足够的厉害激烈。他努力，努力平息我的愤怒，但是那种被人羞辱臭骂一顿以后听了几句好话就破涕为笑的女人是十足的傻瓜。最后他离开了我，和我一样被深深地激怒了，而且他气得更厉害。我相当冷静，但是他却怒发冲冠。我可以期待他的火气很快就会下去；也许他的气会永远消失，而我的气焰却会被发现仍然还在熊熊燃烧，是不能平息的。

他离开我以后我听见他进去了，他现在把自己关在了房间里。应该能想见他回想起来该是多么不愉快！但是人心难测。我自己还没有完全平静下来，因此不能去看弗里德丽卡。她绝不能很快就忘掉今天发生的事情。她将会发现她倾吐了她缠缠绵绵的爱情故事全是枉费心机，结果反倒在世人面前自取其辱，永远遭人耻笑，并且招致她那受了伤害的母亲的极大愤怒。

你的挚爱的

S. 维尔农

23

维尔农太太致德·柯尔西爵士夫人

邱吉尔村

让我向您祝贺，我亲爱的母亲。那件曾经让我们那么担惊受怕的事件现在得到了一个愉快的结局。我们的前景是最令人欣喜的：既然事情现在发生了这样有利的转机，我此刻很是觉得抱歉我那时真不该向您倾吐我的顾虑；因为获悉危险已经过去而感到的快乐，可能是用您先前所承受的全部焦虑换来的，这代价着实太昂贵了。

我太高兴了，激动得不得了，简直连笔都拿不住。但是我还是决定赶快给您写上几行让詹姆斯①带回去，这样您就可能得到一些解释，明白这些让您如此大吃一惊的事情的根由了，因为李金纳德马上就要回到帕克兰兹了。

差不多半个小时之前我正陪着詹姆斯爵士在早餐室里坐着，这时我弟弟就把我叫了出去。我马上就看出来一定是出了大事了；他显得气鼓鼓的，说话时情绪激昂。您是知道他那股急脾气的，我亲爱的夫人，当他全心全意地关注某一事情时。

"凯瑟琳，"他说，"我今天要回家去。要离开你我感到很抱歉，但是我非走不可。我已经有好长时间没看见父母亲了。我要打发詹姆斯先带上我的猎狗马上就走，如果你有信可以让他捎上。我自己要到星期三或是星期四才能到家，因为我要直接

---

① 不是詹姆斯爵士，是李金纳德的仆人。

去伦敦，在那里我有些事要办。但是在我离开你之前，"他继续说，声音放低了些，更加激动，"我必须预先嘱咐你一件事情，不要让弗里德丽卡被那位马丁惹得不开心。他想要娶她，她母亲极力促成这桩婚事，可是她根本受不了这个念头。你可以绝对放心，我敢担保我现在说的这些情况完全属实。我知道弗里德丽卡因为詹姆斯爵士赖着不走而受着煎熬。这姑娘性格温婉柔和，理应享受更好的命运。赶快把他打发走。他是个十足的傻瓜，然而她母亲可能打算干什么，只有天知道。再见。"他握着我的手又急切地补充说，"我不知道你什么时候能再看见我。但是请记住我跟你说起的弗里德丽卡的事；你一定得把不让她受委屈当成你的事情。她是个可爱的姑娘，她心灵高尚，这是我们大家都有目共睹的。"

他说完就离开我跑上楼去。我没想拦住他，我知道他此刻的心情；当我听他说这番话的时候我心里那股劲儿，我不打算描绘了。因为有好几分钟我呆呆地站在老地方，惊愕得目瞪口呆——出于一种最令人愉快的那种惊愕；然而要想真的风平浪静快快乐乐，还是大意不得的。

在我回到早餐室后大约十分钟，苏珊夫人进来了。我当然得出了结论：她和李金纳德刚才吵架了，我又焦急又好奇地观察她的脸色，想证实我的推测。她真是善于瞒天过海，显得漫不经心，在聊了一会儿天谈了几分钟无所谓的事情之后，她跟我说："我从威尔逊那儿听说我们要失去德·柯尔西先生了。他真的今天早上就要离开邱吉尔了吗？"我回答说是的。"他昨天晚上对此只字未提，"她笑着说，"甚至今天早上也没说。不过也可能他自己也不清楚自己的想法。年轻人总是急急忙忙地做出决定——他们在形成想法时的突如其来与实行决定时之摇摆动摇不相上下。如果他最终会改变主意，又不走了，我是决不会感到惊奇的。"

她马上就离开了房间。可是我相信，我亲爱的母亲，我们没有理由担心他会改变他现在的计划；事情发展得太快了。他们想必是吵过架，而且是为弗里德丽卡吵的。她的平静让我吃惊。您在又看见他时，看见他仍然值得您对他的器重，仍然能够给您带来快乐，您该会多高兴啊！

等我下一次写信时，我希望将能告诉您詹姆斯爵士已经走了，苏珊夫人被击败了，弗里德丽卡平安无事了。我们还有许多事情要做，但是都会做成的。我现在急不可耐地想要知道这个令人吃惊的变化的影响到底有多大。我结束这封信和我开始时一样，最热烈地向您祝贺。

您永远的

凯瑟琳·维尔农

24

同一寄信人致同一收信人

邱吉尔村

我几乎没想到我亲爱的母亲，我寄出去上一封信时，我那时所感受到的令人高兴的精神混乱，竟然经历了这么迅疾、这么令人伤心的逆转！我上次给您写了那封信，让我感到无尽的后悔。话又说回来了，谁又能料事如神呢？我亲爱的母亲，每一个希望，就在两小时之前还是让我那么快活，现在都化为泡影了。苏珊夫人和李金纳德的争吵已经烟消云散了，他俩现在已经和好如初了，我们大家又和先前一样了。只有一个初衷实现了，詹姆斯爵士被打发走了。我们现在还期待发生什么事情呢？我确实很失望。想想看，李金纳德那会儿就跟走了差不多；他的马已经安排好了，而且几乎都给牵到门口了！当时谁不感到万无一失了呢？

足足有半个小时我都是没有一刻不期望着他的离开。我把给您写的信送走后，就去找维尔农先生，在他的房间里和他坐着，我俩聊着整个事件。然后我决定去找弗里德丽卡，早餐后我还没看见她呢。我在楼梯上遇见她，看见她在哭。

"我亲爱的婶娘，"她说，"他要走了，德·柯尔西先生要走了，全是我的错。我恐怕您会不高兴的，但是我真的没想到事情会弄成这个样子。"

"我亲爱的，"我回答说，"不要认为有必要为这件事向我道歉。我将要觉得我对任何充当了将我弟弟打发回家的工具的人都欠一份恩情；因为（控制了我自己）我知道家父非常希望见到他。不过你到底是怎么搞的让他打道回府了？"

她的脸刷地一下红了，回答说："詹姆斯爵士把我弄得那么不痛快，我忍不住——我知道我的做法很不得体，可是您绝对想象不到我一直有多么痛苦，妈妈早就吩咐我决不要跟您或是我的叔叔谈这件事，嗯……""于是你就跟我弟弟说了，引起他的兴趣好让他进行干预。"我说，希望能省却她的解释。"没有，不过我给他写信了。我真的写信了。今天早上天还没亮我就起床了——我写了差不多两个小时——当我把信写完之后，我想我可能永远也送不出这封信去。可是吃完早饭后，我正要回自己的房间时，就在走廊碰见了他，这时我明白一切事情全有赖于这一瞬间了，我强迫自己把那封信送上去。他可真好，马上就接了过去；我都不敢看他一眼，拔腿就跑。我是那么害怕，简直连气都喘不上来。我亲爱的姐姐，您真不知道我一直有多么痛苦。"

"弗里德丽卡，"我说，"你早就应该把你的苦难统统告诉我了，那么你就会发现我永远都准备向你施以援手。难道你没有想到你的叔叔还有我会和我弟弟一样为你仗义执言吗？"

"我真的并没有怀疑您的善良，"她说着脸上又浮现出红晕，"但是我觉得德·柯尔西先生可以随意摆布我母亲；没想到我搞错了；他俩在这件事上吵得很凶，后来他就要走。妈妈决不会原谅我的，我要比以前还倒霉了。""不，不会的，"我回答——"事情搞到了这种地步，你母亲的禁令绝阻挡不了你跟我谈这件事。她没有权利搞得你不快活，她决不会那样的。而你向李金纳德求援，这对各方面都只有好处。我相信这样做是上策，这是显而易见的。你放心吧，你不再会被弄得不快活了。"

就在这时，请想象一下我有多吃惊吧，我看见了李金纳德从苏珊夫人的梳妆间里走了出来！刹那间我满腹狐疑。他看见我时那副心慌意乱的样子再明显不过了。弗里德丽卡马上就不见了。"你要走吗？"我问，"你会发现维尔农先生就在他自己的屋子里。""不，凯瑟琳，"他回答，"我不打算走了。你允许我跟你说几句话吗？"

我俩进了我的屋子。"我发现，"他继续说，越来越显得心慌意乱了，"我一直没改掉我那愚蠢的好冲动的老毛病。我完全误解了苏珊夫人，差一点儿就带着对于她的行为的虚假印象离开这所房子。这里有个很大的误会——我觉得，我们大家全都错了。

弗里德丽卡并不理解她的母亲——苏珊夫人一心为她好，并没有别的意思，然而弗里德丽卡并不愿意跟她做朋友。苏珊夫人也就久久苦于不知道怎么样才能让她的女儿开心。除此以外我本来无权干涉——维尔农小姐向我求援是不对的。简言之，凯瑟琳，一切都乱了套了——不过好在现在全都水落石出了。苏珊夫人，我相信她希望现在跟你谈谈这件事，如果你有空的话。”

"当然了。"我回答，他这一番不能自圆其说的叙说令我深深为之叹息。可是我未加任何评论，因为说什么也是白搭。李金纳德很高兴地走开了，于是我就去见苏珊夫人；确实我挺好奇挺想知道她对这件事的说法。

"我不是跟你说过吗，"她笑容可掬地说，"你弟弟根本不会离开我们？""你确实说过，"我很严肃地回答，"不过我那会儿还自以为是，认为你一定会错了呢。""我本不该冒险提出这样的看法，"她反唇相讥，"如果不是那会儿恰好我恍然大悟，他之决定离去可能是由我俩今天早晨的一场谈话引起的，由于我俩没有正确地理解对方的意思，那场谈话弄得他很不满意。这一想法在那一瞬间涌上我的脑海，我马上就认识到这场我可能也应该和他受到同样责罚的意外的争吵，绝不可以将令弟从你身边夺走。如果你记得的话，我几乎是马上就离开了那间屋子。我决心要不失时机地尽可能快地澄清误会。情况就是这样的。弗里德丽卡死心塌地激烈反对嫁给詹姆斯爵士……""那么尊驾您就以为她应该嫁给他吗？"我带有几分火气地喊道，"弗里德丽卡的悟性非常高，詹姆斯爵士却是个笨伯。""我至少还远谈不上后悔，我亲爱的妹妹，"她说，"相反，我感到很欣慰，因为这是一个很有利的迹象，显示小女还是很有判断力的。詹姆斯爵士当然不够档次了（他那副孩子气更让他直冒傻气），倘若弗里德丽卡真的有本事，真的拥有洞烛幽微的眼光，那是我能够希望我的女儿所拥有的，或者是如果我原来就知道她真的像现在这么有本事，我就不会这么急着促成这桩婚事了。""令人费解的是独有您一个人对于您女儿的判断力视而不见。""弗里德丽卡对她自己从来都没有过正确的认识；她的举止老是羞羞答答的像个小孩似的。另外她还一直很怕我；她简直谈不上爱我。她那可怜的父亲在世时她是一个被惯坏了的孩子；自那以后对于我来说必须表现出来的严厉态度，完全疏离了她的爱心；她也没有一点出色的智力，没有天才，也没有那种咄咄逼人的灵活的脑瓜。""毋宁说她的不幸在于她的教育。""上天明鉴我最亲爱的维尔农太太，对于这点我简直是最清楚不过了；但是我宁愿忘掉每一件可能玷污对某一个人的记忆的零七碎八的事情，要知道那人的名字对于我是神圣的。"

　　说到这儿她假装要哭了。我对她感到不耐烦了。"可是究竟，"我说，"尊驾您要跟我谈的您跟我弟弟看法不一致的事情到底是什么呀？""这事源起于小女的一个行动，这行动同样地说明她是缺乏判断力的，以及我一直提及的她对我的那份倒霉透顶的惧怕。她给德·柯尔西先生写了一封信。""我知道她写过信。你曾经禁止她向维尔农先生和我讲述她的苦恼；那么除了向我的弟弟求告，她又有什么办法呢？""天啊！"她激怒了，惊叫道，"想必你把我看成什么人了！你可能猜得出吗，我清楚她的不快活？我有意要使我自己的孩子痛苦，我禁止她和你谈那件事，是害怕你阻挠我那个邪恶的计划？难道你以为我没心没肺丧尽天良？难道我能有意把她往火坑里推？而我在世间的首要责任就是要促进她的幸福呀！""这想法真可怕。那么既然您坚持让她保持沉默，您的意图又是什么呢？""我亲爱的妹妹她向你发出的任何求诉能够有什么用处呢？事情反正已经定下来了。连我自己都不愿意向别人求告的事情，为什么我就非得听从你的恳求呢？无论是为了你，为了她，或是为了我自己，这种事都是做不得的。我一旦下了决心，我就不希望任何其他人的干预，亲朋好友也不成。我被误解了，这是真的，但是我相信我自己是对的。""不过这个误会究竟是什么呢，既然尊驾是这样经常地暗示到？从什么地方冒出来这样一种对令爱的情感的误解呢？您以前难道不知道她讨厌詹姆斯爵士吗？""我以前明白他绝对不是她可能会选择的那种人，但是我相信她对他的反感并不是觉察出他有什么缺陷。无论如何我亲爱的妹妹，你不应该在这个问题上对我这么刨根究底的……"她继续说，亲热地抓住我一只手，"我老实承认是有一点儿隐瞒。弗里德丽卡弄得我很不痛快。她向德·柯尔西先生求告特别伤害我的自尊心。""您这么说究竟是什么意思呢，"我说，"弄得这么神秘兮兮的？如果您觉得令爱最终迷上了李金纳德，那么她对詹姆斯爵士的反感，如果其原因是她清楚地了解了他的愚蠢，是不能等闲视之的。那么为什么尊驾您非要和我弟弟吵架不可呢？就因为他进行了干预而您应该知道，他的天性不容许他拒绝，尤其是事情这样紧急时？"

"你知道他是古道热肠之人，他跑来向我抗议，他向这位被虐待的姑娘倾注了满腔怜悯，这位落难的罗曼司女主角！我们两人都误解了对方。他相信我应该受到的谴责比我已经受到的还应该更多；我那时考虑到他的干预并不像我现在发现的这么可以谅解。我一直对他具有真正的敬意，因此当我觉得自己是好心不得好报时我就感到一种说不出来的羞辱。我们两人那时都在气头上，当然都该受罚。他之决定离开邱吉尔村是符合他一贯的真诚作风的；不管怎么说当我理解了他的意图后，同时我也开始想到可能我们两人同样都误解了对方的意思，于是我决定趁还来得及赶快跟他解释一下。对于你家里的任何一位成员我永远都必须怀有一点儿爱心，而且我承认如果我与德·柯尔西先生相识一场竟落得如此凄惨的下场，那我可是被大大地伤害了。我现在只再说一点，因为我现在相信弗里德丽卡对于詹姆斯爵士的讨厌是出于理智的考虑的，我将要马上通知他放弃对她的一切希望。虽然是无心的，我为自己曾经让她因此感到不开心而感到自责。我愿尽量让她受到一切好报；如果她像我一样那么珍视她自己的幸福，如果她能够像她应该的那样聪明地判断她自己规范她自己的行为，她现在可能是会感到安心的。对不起，我最亲爱的姐妹，我占用了你这么多时间，但是我承认我的性格就是这样的；在做了这样一番解释之后我相信在你眼中我不再是声名扫地了吧？"

我本来可以说"哪里哪里"，但我几乎一声也没吭就离开了她。这是我所能做到的最大限度的忍耐。倘若我一开口，恐怕我就无法让自己停下来了。她的狂妄自信，她的欺骗——但是我决不允许我自己老去考虑这些；那些东西已经够让你受不了了。我心里头感到一阵阵的恶心。

一旦平静下来感到能控制住自己了，我就回到了会客室。詹姆斯爵士的马车已经停在了门口，这位老兄，还是那样满面春风，马上就打道回府了。苏珊贵夫人无论是鼓励一个情人，还是打发一个情人，怎么竟然都是那么易如反掌！

尽管危机已经化解了，但弗里德丽卡还是显得忧心忡忡的，可能她还在担心她母亲要生她的气，此外，虽然害怕我的弟弟离去，可能还又担心他继续留在这儿。我注意到她是多么仔细地观察着他以及苏珊夫人。可怜的姑娘，她现在一点儿希望也没有了，我真是束手无策。她的爱情根本没有机会得到回报。他对她毫不在意，从他以前对她的态度看，他对她还是够公正的，但是他与其母的和解阻挠了任何一个比较昂贵的希望的实现。

我亲爱的夫人，请准备最坏的可能吧。他们俩结婚的可能性分明是变大了。他现在对她比以往更加亲近。一旦那可怕的事件发生，弗里德丽卡肯定就会完全属于我们了。

谢天谢地，我上一封信将会只比这封信早到那么一会儿，因为每一分钟，只要能免去那种只会导致您失望的空欢喜，都是至关重要的。

您永远的

凯瑟琳·维尔农

25

苏珊爵士夫人致约翰逊太太

邱吉尔村

亲爱的阿丽萨，我要求你热烈地祝贺我。我又恢复了原样——快活轻松得意扬扬，那天我给你写信时，说真的我心里真是又烦又乱，我真的是有天大的理由。不，我不知道我现在是不是应该感到完全心平气和了，因为在恢复平静的过程中我遇到了那么多的麻烦，而我本心是想息事宁人的。这位李金纳德又傲

143

又倔，可真特别！这种性格是由那种自以为是刚正不阿的人伦雅范的飘飘然的感觉养成的，特别咄咄逼人。我向你保证我决轻饶不了他。他那会儿正要离开邱吉尔！那当儿，我只差一点儿就要结束我上一封信了，威尔逊却给我传话来了。因此我感到必须扭转局面，因为我并不情愿败在一个感情是那么火爆那么冲动的男人手下。要是就让他这样怀有对我的恶感离去，会是对我的名声的戏弄；有鉴于此，屈尊俯就还是有必要的。

我打发威尔逊去告诉他我想要在他离去之前说几句话，他马上就来了。我们上次分手时他那副怒发冲冠的表情，现在已经有所缓和。看样子他对于我的召唤感到很吃惊，而且显露出来好像是又企盼又害怕会被我可能说的话软化了的模样。

如果我的面容流露出我刻意要装出来的表情，那么它就是平静而威严——不过还带有一丝忧郁哀怨，这可以让他相信我一点儿也不快活。"先生，请您原谅我竟冒昧打发人去请您，"我说，"但是因为我刚刚听说您打算今天就离开此地，我认为出于责任我应该恳求你不要因为我的缘故而缩短你对此地的访问，哪怕是一个小时呢。我心里很清楚在我们之间那一幕发生之后，若继续逗留在这同一个地方无论对于谁的感情都是很难堪的。这变化是多么巨大多么彻底啊！我们开始时亲密无间的友谊本应得到进一步的发展，如今竟然落得了最严重的惩罚；您之决心离开邱吉尔无疑是由于我们俩的处境以及您现在心里翻腾的那些感情，这我是知道的。但是同时，不应该由我来承担恶名，好像是我罪有应得似的，好像是由于我而让您离开了您的亲人，您跟他们是那么亲密那么依恋。我继续待在这里不会给维尔农先生及维尔农太太带来快乐，而有您在场却能做到这一点；因此我在这里做

144

客的时间恐怕是太长了。我去意已定，无论如何也要马上离去，可能还要更加提前；因此我特别请求我万万不能成为离间一个彼此之间是那么亲密友爱的家庭的工具。我去什么地方对谁来说都无关紧要；对于我自己来说也是无所谓的；但是您对于您所有的亲戚来说却都是至关重要的。"说到这儿我打住了，我希望你会满意我的这篇宏论。上述表白对于李金纳德产生的影响证实了他的几分虚荣心，因为这顿时就让他感到受用得不得了。噢！多让人高兴啊，在我说话时观察他表情的复杂变化，去看恢复的柔情与残存的愤懑的斗争。人的情感中有些东西非常容易被打动，真让人看了开心。并非我可能会忌妒他拥有这些情感，也不是因为世人可能会忌妒我拥有这些感情，而是因为当一个人希望影响另一个人的情感时它们是唾手可得的。何况这位李金纳德，我没说上几句话就马上把他软化得服服帖帖了，显得更是容易哄，更听话，更比以往还要温顺，而刚才差一点儿就在盛怒之下高傲地离我而去，却根本不肯屈尊降贵，请求我解释原委。

　　看他现在却是何等的低首下心，我绝不能原谅他的这份傲慢；现在我拿不定主意是不是应该惩罚他——在我们和解之后就把他一脚踢开呢，还是干脆嫁给他一辈子耍弄他呢？但是这些方法无论哪一种都太极端了，都不得不三思而后行。眼下我心里七上八下地想出了好多计策。我有许多事情要筹谋划策。我必须惩罚弗里德丽卡，而且要狠狠的，因为她竟敢向李金纳德求告；我必须惩罚他，因为他竟然那么心甘情愿地就接受了她的求告，还因为他的其他行径；我必须惩罚我的妯娌，因为詹姆斯爵士被打发走之后，她的言谈举止一直是那么盛气凌人得意扬扬——

因为为了让李金纳德跟我和解，我无法去拯救那位倒霉的年轻人——我还必须让我自己受到补偿，这几天来我不得不忍气吞声饱受耻辱。为了使我的惩罚能够奏效，我想出了各式各样的计划。我还有一个主意，我要马上就进城去，无论我做其他事情的决心如何，我可能首先将那个计划付诸实施，因为伦敦将永远都是采取行动的最理想最合适的战场，不管我的期望是如何指向的。总而言之，我在那儿一定会通过你的社交圈子和恋情纵意的生活而得到回报，以补偿我在邱吉尔这十个礼拜中所受的苦行僧般的折磨。

在经过这么长时间的精心策划之后，我相信凭着我这股劲儿，我一定能把小女和詹姆斯爵士撮合到一起。请告诉我你对此事的看法。优柔寡断，容易被别人牵着鼻子走的性格，是一种我并不十分渴望得到的特质，这你是知道的；弗里德丽卡，就看她那股子任性，宁愿违背她母亲的意愿，也不会要那种人的。还有她对李金纳德的痴恋；我的责任当然是要给这种罗曼蒂克的荒唐事泼冷水了。因此经过全盘考虑，看来把她带到城里是我义不容辞的责任，而且要马上把她嫁给詹姆斯爵士。

一旦我的意志奏效了，与李金纳德的预料相反，我就可以确信能与他保持良好关系了。这一点目前事实上我还不曾拥有，因为虽然他仍然还被我攥在手心里，我已经放弃了产生我们争吵的那一条件了，因此获得荣誉的胜利，充其量也还是两可。

我亲爱的阿丽萨，请写信告诉我你对所有这些事情的看法，并且让我知道你是否能在离你家不远的地方找到适合我的住处。

最想念你的

S. 维尔农

26

约翰逊太太致苏珊爵士夫人

爱德华街

对于你信中说到的情况我都很满意，我的忠告是，你应不失时机地进城，但是你应该把弗里德丽卡先留在后头。你赶快先嫁给德·柯尔西先生好使你自己得到好名声，这当然是上策了，而不是先把她嫁给詹姆斯爵士，不然会激怒他和他家其他人的。你应该为你自己多想想，而不是首先考虑令爱。她并不是那种能在这世上为你争气的人，而且看来她在邱吉尔，和维尔农一家待在一起才是得其所哉呢；而你呢，是适合于社交场的人，让你自己像是流放似的远离社交界才真是奇耻大辱呢。把弗里德丽卡留下惩罚她一下，谁让她给你带来那么多的灾难呢？就让她沉浸在罗曼蒂克的温柔乡里吧，敢保她这辈子有的是苦头吃；你一个人进城来吧，越快越好。

我还有另外一个理由催促你这样做。

曼沃灵上个礼拜进城来了，尽管约翰逊先生从中作梗，他还是想方设法，找机会和我见了面。他被你弄得失魂落魄，把德·柯尔西先生忌妒得什么似的，因此千万不能让他俩现在见面；而且如果你不允许他在这儿见你，我就不能保证他不会闯出大乱子来——比方说去邱吉尔村，那后果可真不堪设想。除此以外，如果你接受我的劝告，决心嫁给德·柯尔西，那你就无论如何非得把曼沃灵给轰走不可，而且只有你才具有足够的影响把他打发回他的妻子身边。

我叫你来还另有打算。约翰逊先生下个礼拜二要离开伦敦。他因为健康原因要去巴思，如果那儿的水对他的体质和实现我的愿望有利的话，他将会因为痛风而卧床不起好几个礼拜。趁他不在我们可以选择我们自己的社交圈子，可以痛痛快快地享受一番。要不是他有一次强迫我答应再也不邀请你来我家，本来我是要请你来爱德华街的。皆因我手头太缺钱了，不然的话没有什么人会逼得我做出如此保证的。不过我可以给你在西莫尔前街搞到一间非常好的会客室，这样我们就可以一直待在一起了，在这儿还是那儿都可以，因为我考虑我对于约翰逊先生的许诺可以理解为只要你不在我们家睡觉（至少在他不在家的时候）。

　　可怜的曼沃灵给我讲述了一番他妻子的忌妒史，真是够呛！——傻婆娘，痴心妄想地要这么一个风流儿郎为她守身如玉！不过她一向就是这么愚蠢，要不怎么能嫁给他呢？想想她，一大笔财产的继承人，而他呢，一文不名的穷小子！除了男爵夫人，我知道她只能有一个头衔。她缔结这门婚事真是蠢不可及，因此虽然约翰逊先生是她的监护人，可是我压根儿就跟他不是一条心。我决不会原谅她。再会。

你的，阿丽萨

27

维尔农太太致德·柯尔西爵士夫人

邱吉尔村

　　我亲爱的母亲，这封信将由李金纳德给您带去。他的漫长的造访总算是要告一段落了，但是我担心离别的仪式发生得太晚，因为这对我们没有任何好处。她要进城去，去探望她的心腹好友，约翰逊太太。开头她打算让弗里德丽卡陪她一块儿走，为的是便于给她找几个先生，但是我们反对她这样做。弗里德丽卡听说要把她带走吓得不得了，我真受不了让她活在她母亲手里。伦敦所有的好先生加起来也补偿不了对她的安宁的破坏。我本来还应该为她的健康担心，总而言之我要为她的一切操心，除了她的正直和节操；因为我相信她的好品性是别人损害不了的，即使是她的母亲，或者她母亲的那帮朋友们；但是和这些朋友们（一帮子坏种我毫不怀疑），她如果不和他们厮混一处，要不就是孤零零的无人理睬。我现在几乎说不上来到底是哪一种可能对她更糟糕。此外如果她和她母亲待在一起，她肯定，天哪！十之八九，和李金纳德在一起——而这一点将会是最最不幸的。

现在我们这儿将要安安静静过上一阵子了。我们的生活日程，我们的阅读和我们的交谈，还有户外活动，还有孩子们，我相信在我力所能及的范围内为她搞到的一切家庭快乐，将会渐渐地克服掉这种青春的依恋。我本来不应该对此有所怀疑的，如果她是受到了世上任何其他一位女人的蔑视，而不是她自己的母亲。

苏珊夫人在城里待多长时间，她是否还要再回来，我不知道。我不可能有心思邀请她了；但是如果她偏偏要来，那么即使没有我的诚心邀请也不会把她挡在门外的。

我刚一发现她贵夫人的足迹将要转向城里，我马上就忍不住问李金纳德他是不是打算今年冬天待在城里，虽然他的回答很不肯定，但他说话时在他的眼神和声音中却有一种东西是和他的语言相反的。我心里很难过，我得打住了。我看这事已成定局，我很失望只能听之任之了。如果他很快就离开你去伦敦，那么就是木已成舟了。

您最亲爱的

凯瑟琳·维尔农

28

约翰逊太太致苏珊爵士夫人

爱德华街

我最亲爱的朋友：

怀着最痛苦的心情给你写这封信；刚刚发生了最不幸的事情。约翰逊先生忽然发出了致命的一击，把我们俩全都害苦了。我猜想，他是通过各种方法，听说你很快就要到伦敦来了，马上就想办法让痛风发作了，而且严重得至少是到了延缓他去巴思旅行的程度，如果不是完全阻挠了这次旅行的话。我相信他的痛风是听他随意摆布的，招之即来挥之即去；那次我想和汉密尔顿一家去湖区①时，情况也是这样的；而三年前当我那么想去巴思时，却任什么也不能使得他显露出哪怕一丝痛风发作的迹象来。

我已经收到了你的来信，而且随即就给你订好了住处。我很高兴地发现我的信对你有那么大的影响，看来德·柯尔西是非你莫属了。你到了以后马上就让我知道，千万要告诉我你打算拿曼沃灵怎么办。现在不可能说定我什么时候可以去看你。我现在被

---

① 湖区：英格兰西北部著名风景区，重峦叠嶂，湖泊密布，华兹华斯、柯勒律治、骚塞等"湖畔诗人"即居住此地。

卡得死死的。他这套诡计可真可恶，在这儿病了，却不是在巴思，弄得我几乎克制不住我自己了。在巴思，他那几位老姨妈可以照顾他，可是在这儿全都落在我身上了——而他呢，是以那么大的耐心忍受着他的痛苦，弄得我也找不出说得过去的借口发脾气了。

你永远的

阿丽萨

29

苏珊爵士夫人致约翰逊太太

西莫尔前街

我亲爱的阿丽萨：

要让我讨厌约翰逊先生，根本无须这一次痛风的最后发作；但是现在我的反感是无可估量的。把你关了禁闭，成了他家的看护！我亲爱的阿丽萨，嫁了个他这样年纪的男人你这可真是自讨苦吃啊！——他年纪大得恰到好处，从外表上还说得过去，却让你控制不了他又搭上个痛风症——他太老了，不能与你琴瑟和谐，他又太年轻了不能马上死掉。

我昨天晚上大约五点钟到的，几乎还没咽下我的最后一口饭曼沃灵就露面了。我决不会掩饰他的出现给我带来了多么大的快乐——那才是真正的快乐呢，我也决不掩饰他的人格和举止与李金纳德相比是多么不可同日而语，后者是绝对地相形见绌的。有那么一两个小时，我简直都乱了方寸，拿不定主意是不是索性嫁给他得了——虽然这个念头太不实际太不理智，因此我并

151

没有继续想下去。我确实并不十分渴望给我的婚姻找这样一个归宿，我也并不是急不可耐地盼望着李金纳德守约来到城里的那一时刻。我有可能让他把进城的日期推后，随便找个借口。曼沃灵不走他是绝对不能来的。

我仍然时时在怀疑，到底该不该结婚。如果那老头子要死了，我就不会犹豫了；但是像这种要听命于李金纳德的反复无常的局面，是绝不适合我的自由天性的；那么如果我决心等待那一时刻的到来，我在目前还得有足够的借口，要知道我才仅仅守了十个月的寡呀。

关于我的意向我还没有给曼沃灵任何暗示，也不允许他猜疑我与李金纳德的相识超越了一般的打情骂俏的程度；他是相当容易满足的。再会，直到下次见面。这所房子真让我着魔。

你永远的

S. 维尔农

30

苏珊爵士夫人致德·柯尔西先生

西莫尔前街

我已经收到了你的来信；虽然我不打算向你隐瞒你急不可耐地盼着会面的时刻真让我感到高兴，可是我确实觉得有必要把那一时刻比原来预定的往后推一推。千万别以为我这样行使我的权利是太残酷了，也别还没听我讲明原因就骂我水性杨花。从邱吉尔村出来，一路上我有足够的闲暇反思咱俩的事情的进展，回首往事每一幕都向我证实了我们必须三思而后行，然而迄今为止咱俩都太不在意了。我们这一向太着急了，由着我们的感情以至于发展到了轻率的地步，那是与我们朋友们的要求以及公众舆论是背道而驰的。咱俩太不谨慎了，匆匆忙忙就订了约；但是我们不应该认可它，以免搞到覆水难收的地步，因为有着这么多的理由让我担心这种关系必定会遭到你所依傍的那些朋友们的反对的。

我们没有任何权利责备令尊大人企盼你缔结一门有利可图的婚姻；和那些财产与你家相当的人家攀亲，想要扩展财产的希望，如果严格来说不够理智的话，乃人之常情也没有什么可大惊小怪的。他有权利要求他的儿媳妇是个有钱人，因此我有时候与我自己争吵，因为我连累你缔结了这么一种太不谨慎的关系。但是对于像我这样感情用事的人来说，理智总是苏醒得太晚了。

我只不过才当了几个月的寡妇；虽然与我丈夫结婚数年并未留下多少幸福的回忆，我不能够忘记如此之早的第二次婚姻是何其粗鄙，马上就能让我成为众矢之的，而且会招致维尔农先生的不满，那将是更难堪的。面对众人不公正的非难，我也许可能终将让我自己狠下心来；但是失去他的可贵的敬意，我如你所知，是不适于承受这份损失的；而且可能再加上良心上觉得伤害了你及你的家人，我还有什么脸面活着呢？我心里现在就是这般锥心刺骨的，让人家父母儿子分离，这种负罪感将会使我，甚至还会连累你，成为天下最痛苦的人。

因此推迟我们的结合当然是最明智的了，一直推迟到事态比较有希望，直到事情有了较好的转机。为了帮助我们下这个决心，我觉得中断一下我们的来往是非常有必要的。我们绝不能会面。虽然这一判决显得挺残酷，将其宣布之必要性（只有这一判决才能让我感到心安理得，我发现我非得这样说不可），当你站在我的立场上考虑我们的处境时你就会明白了。你可以，你必须完全相信除了最强烈的义务感，再没有什么别的东西能引诱我急着让一个长期的分离来伤害我自己的感情了；我也并不是对你的感情无动于衷，你没什么理由怀疑我。因此我再一次重申我们不应该——我们还不能见面。彼此几个月的分开，我们可以安抚维尔农太太对你那份手足之情的担心，她本人已经习惯了荣华富贵的享受，认为财富在哪儿都是必不可少的。像她那种人，就凭她那点儿悟性是根本理解不了我们的。

　　让我快点儿听到你的消息，要很快。告诉我你服从我的意愿，不要因此责备我。我忍受不了责备了。我的情绪现在并不是高得非得被压制一下不可。我必须想办法在外面寻点儿乐子，幸运的是我的好多朋友现在就在城里——他们中间，就有曼沃灵一家人。你知道我对他们无论是丈夫还是妻子都是多么真诚。

我是你永远的，忠实的

S. 维尔农

31

苏珊爵士夫人致约翰逊太太

西莫尔前街

我亲爱的朋友：

　　那个淘气鬼李金纳德来了，现在就在这儿。我那封信，原本是想要让他在乡下多待些时候，谁知反倒促成了他火速进城。尽管我巴不得他走得远远的，但我还是忍不住觉得美滋滋的，因为

154

这证明了他对我的依恋。他对我忠心耿耿，全心全意。他将要亲自送去这张便条，以在你面前引荐他自己，因为他早就想认识你了。请允许他在你那儿消磨一晚上，这样我就可以避免他返回到我这儿的危险了。我已经告诉他我现在不舒服，必须清静清静——如果他要是再回来那可就要出乱子了，因为仆人们是不可信赖的。所以请你把他稳住，我恳求你就让他在爱德华街待着。你一定会发现这人的脑子并不慢，我还允许你随便向他调情。不过同时可别忘了我的真正利益；你能摆出多少理由就摆出多少，千万要让他相信，如果他要是还赖着不走我可就要倒大霉了；你知道我的理由——为了顾全体面，等等，等等。我本来可以自己罗列出许多理由，然而我急不可耐地要摆脱他，因为曼沃灵还有半个小时就要来了。再会。

S. V.

32

约翰逊太太致苏珊爵士夫人

爱德华街

我亲爱的人儿：

我现在方寸大乱和热锅上的蚂蚁一样，不知道该怎么办，也不知道你该怎么办。德·柯尔西先生已经来了，他来的可真不是时候。正好在那时曼沃灵太太也进来了，强行闯到了她的保护人跟前。我当时一点儿也不知道，我是事后才知道的，因为当她和李金纳德进来时我不在家，否则的话无论如何我也要把他打发走；但是她和约翰逊先生两个人在房间里密谈，而他则是在会客室里等我。她是昨天到的，一路上都在跟踪她的丈夫；不过可能你已经从他本人那里知道这些了。她来这里是恳求我的丈夫进行干预，还没等我明白过来，所有那些你希望能瞒得过他的事情就都已经让他知道了；不幸的是她还设法从曼沃灵的仆人嘴里打探出来自从你进了城曼沃灵就天天来拜访你的消息，而且她刚刚亲眼看见他到你门上去了！我能做什么呢？明摆着的事实，太可怕了！这个时候，李金纳德已经全都知道了，他现在一个人和约翰逊先生在一起。千万别骂我；真的，根本不可能阻止这一切。约翰逊先生早就怀疑上德·柯尔西打算娶你了，刚一知道他就在这里就非要和他单独谈话不可。

你听了一定高兴，那个可恶的曼沃灵太太变得越发比以前又瘦又丑了。她现在还在我家，他们三人现在正一块儿待在私室里关起门来密谈呢。怎么办呢？如果曼沃灵现在和你在一起，那他最好赶快走。无论如何我希望他能比以前更狠狠地收拾他老婆。怀着焦急的希望。

你忠诚的

阿丽萨

33

苏珊爵士夫人致约翰逊太太

西莫尔前街

这一明朗化的局势①相当有刺激性。多倒霉啊，你那会儿不

---

① 原文为法语。

156

在家！我原以为七点钟你准在家呢。不过我并不沮丧。不要因为为我担心而一味折磨你自己了。放心吧，我会在李金纳德面前自圆其说的。曼沃灵刚刚离开；他带来了他老婆来了的消息。真是个蠢婆娘！她如此煞费苦心，究竟想得到什么啊？可是，我当然还是希望她老老实实待在朗福德了。

李金纳德开头可能会发点儿火，可是到明天吃午餐时，就又会皆大欢喜了。再会。

S. V.

34

德·柯尔西先生致苏珊爵士夫人

旅馆

我写信只是为了向你告别。符咒被解除了。我看见了你的真面目。自从昨天我们分手后，我就从权威方面获知了你的全部情况，原来我一直被蒙在鼓里，真让我感到万分羞辱，因此当务之急是我现在必须马上就永远地与你一刀两断。你不可能不知道我指的是什么；朗福德——朗福德——光这一个地名就够了。我是从约翰逊先生家得到情报的，是从曼沃灵太太她本人那儿听说的。

你知道我曾经是多么的爱你，你可以从内心里判断我此刻的感情；但是我还没有脆弱到要向一个将要扬扬得意地炫耀是她引起这些五内俱焚的情感的女人——然而她的真心它们却是从来没有能得到过的——去描写它们以寻求安慰的地步。

李·德·柯尔西

35

苏珊爵士夫人致德·柯尔西先生

西莫尔前街

我绝不企图描绘阅读这张便条时的惊讶，此刻我刚刚从你那儿收到。我努力想拼凑一些合乎情理的推测，曼沃灵太太到底跟你说了些什么事情呀，竟会让你的感情发生了令人难以置信的变化，但是我百思不得其解。难道我以前没有给你解释清楚所有我的那些可能会引起怀疑，而且早就被一班恶意的俗人捕风捉影把我贬得一无是处的事情吗？你现在又能听到些什么以至于动摇了你对我的看法？难道我对你有过一丝一毫的隐瞒吗？李金纳德，你弄得我五内俱焚非语言所能形容。我真想象不到妒忌成性的曼沃灵太太竟还能重整旗鼓老调重弹，或者至少，竟还会有人听她的。马上到我这儿来，好解释清楚目前让我感到绝对莫名其妙的那些事情。请相信我，单单只朗福德这一个地名还并不是具有多么了不起的影响的情报，以至能替代更多的必要信息。如果我们非分手不可，那么至少也得你亲自前来表示分手才不失为得体。但是我现在根本无心开玩笑；说真的，我现在够严肃的了——因为我的名誉在你眼中一落千丈，虽然只是一小时的工夫，也是一种我还不知道如何忍受的耻辱。我将要一分钟一分钟地计算时间，直到你到达这里为止。

S. V.

36

德·柯尔西先生致苏珊爵士夫人

旅馆

你为什么非要给我写信不可？为什么你非要我说出详情不可？可是既然情况如此，我也就不得不宣布关于你在维尔农先生在世时以及去世后的不检点行为的所有传闻，一般世人早就听说了，当然我也不例外。在我看见你之前我对此深信不疑——后来受了你那邪恶的魅力的蛊惑，弄得我决定拒绝相信了，然而现在却被无可辩驳地证实了我原先的看法是正确的。不，还有，我相信，一种关系，是我以前从来没有想到过的，已经存在了好长时间，而且仍然在你和那个男人之间存在着。对于你在人家家得到的盛情款待你竟然报之以剥夺人家家的安宁！自从你离开朗福德后你就一直和他书信传情——而不是与他的妻子——而是和他——并且现在他还天天去拜访你。你能够，你敢否认这一点吗？而这一切统统发生在我是一个受到鼓励的，一个被接受了的情人的时候！我还没有忘掉那些事！我现在只有感谢。上天保佑我能不抱恨终生，保佑我能不懊悔万分。我自己的愚蠢使我遭到危险，我现在还守身如玉是应该归功于另一个人的善良和诚实正直。但是那位不幸的曼沃灵太太，当她叙述往事时真是痛苦万状，她似乎都要发疯了——她怎么才能得到安慰呢？

经过如此的发现，你休想以为我还愿意前去跟你告别。我至少已经迷途知返了，我的悟性告诉我要痛恨那曾使我屈从的诡计，也要憎恶我自己的脆弱，正是由于我的脆弱，那些诡计才能得逞。

李·德·柯尔西

37

苏珊爵士夫人致德·柯尔西先生

西莫尔前街

我现在很满意——而且把这几行字送走以后就再也不会麻烦你了。半个月之前你急不可耐地要缔结的婚约，现在看来是再也不合你的心意了，我很高兴地发现令双亲的谆谆告诫到底还是没有落空。你之皈依安宁，我不怀疑，一定会迅速地恪守孝道不敢越雷池于一步，因此我庆幸自己能得以在这种令人失望的结局中幸免于难。

S. V.

38

约翰逊太太致苏珊爵士夫人

爱德华街

我现在很伤心，虽然对于你与德·柯尔西先生的决裂我不会感到吃惊；他刚刚写信通知了约翰逊先生这件事。他说他今天离开伦敦。请你务必相信我和你是休戚与共的，因此请千万别生气，如果我说很快我就不得不放弃你与我的一切交往了，甚至就连写信也得放弃。真让我难过死了——但是约翰逊先生发誓说如果我继续保持这种联系，他就要终其一生隐居乡下了——你瞧，既然还有其他可以变通的法子就不可能让我屈从于这种极端措施了。

你当然已经听说曼沃灵夫妇就要分手了；我担心曼沃灵太太可能又要回家和我们同住。但是她还是这么喜欢她的丈夫，因为

160

他而痛不欲生，看来她没准儿不久于世了。

曼沃灵小姐刚刚进城和她的姨妈同住，听人说，她宣布她再次离开伦敦之前一定要把詹姆斯先生搞到手。如果我是你，我当然要自己得到他。我开头几乎忘了告诉你我对德·柯尔西的看法了，我现在真的挺喜欢他，他之仪表堂堂同曼沃灵相比毫不逊色，长着这么一副开朗和善的面容，不由人不对他一见钟情。约翰逊先生现在和他成了莫逆之交。再会，我最亲爱的苏珊。我真希望事情不至于这么不如人意。那次倒霉的朗福德之行！但是我敢说你已经尽了你的最大努力，然而命运是不可抗拒的。

真诚地爱你的

阿丽萨

39

苏珊爵士夫人致约翰逊太太

西莫尔前街

我亲爱的阿丽萨：

我向将我俩分开的必要性屈服了。在这样的情况下你不可能有别的办法。我俩的友谊不会因此而受到破坏的；等到时来运转，当你的情况和我一样独立时，我俩会再度聚首，像以前一样亲密。对于这一天我将会急不可耐地翘首以待；同时也请你大放宽心，我过去从来没有像现在这一时刻这样痛快过，从来没有像现在这样对我自己以及周围一切更加感到心满意足。你的丈夫令我憎恨——李金纳德让我瞧不起——我现在总算确保再也用不着见他们俩了。难道我没有理由高兴吗？曼沃灵对我前所未有的忠诚；如果他是自由的，我甚至都怀疑我是否能够抵挡得住他的求婚。这一时刻，如果他的妻子与你们在一起住，也许你就有这个能力加速它的到来。她的暴烈情绪肯定会把她折磨垮的，无疑老会使她激动不安。为此我全仰仗你的友谊了。我现在很满意我最终不会让我自己嫁给李金纳德；而且我同样决定弗里德丽卡也决不会。明天我就要把她从邱吉尔弄回来，让玛丽亚·曼沃灵面对这结局气得发抖吧。弗里德丽卡在离开我的房子之前会成为詹姆斯爵士的妻子。她可能会哭鼻子，维尔农夫妇可能会大发雷霆；我才不把他们放在眼里呢。我现在已经厌倦了让我的意志听命于他人为所欲为的驱遣——厌倦了放弃我自己的判断而服从于他人，因为我对于他们既无义务又无敬意。迄今为止我放弃的太多了——太容易被人家牵着鼻子走了；但是弗里德丽卡马上就要发现情况不同了。

再会，最亲爱的朋友。但愿下一次痛风发作能让人更称心如意。

希望你永远把我当成你矢志不渝的

苏·维尔农

40

德·柯尔西爵士夫人致维尔农太太

帕克兰兹

我亲爱的凯瑟琳：

我有令人愉快的消息告诉你，如果我今天早上没有把我的信寄出去，你可能就用不着为知道李金纳德已经进城的事情发愁了，因为他现在已经回来了，李金纳德已经回来了，不要求我们同意他

162

娶苏珊夫人了，而且告诉我们他俩永远分手了！他到家才只有一小时，我还没来得及了解详情，因为他显得这样消沉，我可不好意思现在就对他问这问那的；但是我希望我们很快就会知道一切情况的。这一小时，自从他生下来后，是他所曾给我们的最快乐的时刻。除了你不在这儿，现在什么也不缺，因此我们特别希望并且恳切请你尽可能快地来我们这里。你有那么久——有好几个星期没来做客了。我希望这对于维尔农先生没有什么不方便，千万把我的外孙们全带来，当然也包括你亲爱的侄女在内；我早就盼着见她了。这一冬天一直是阴阴沉沉的，没有李金纳德，也看不见邱吉尔有一个人来；我以前从来没有发现这一季节竟会像今年这样如此凄凉，不过这一愉快的会面将会使我们再度年轻。弗里德丽卡经常出现在我的脑海里，一旦李金纳德恢复了他平常的好兴致（因为我相信他很快就会的），我们会尽力使他再度陷入情网，我现在充满希望期待着看见用不了多久他们两人的手就能拉在一起了[①]。

深深爱着你的母亲

C. 德·柯尔西

41

维尔农太太致德·柯尔西爵士夫人

邱吉尔村

我亲爱的夫人：

您的来信让我大为震惊。真能相信他俩真的分手了吗，而且

---

① 意指结婚。

是永久地？如果我敢相信的话我会高兴死了，但是在我目睹了那么多事情之后，还怎么能相信呢？而且李金纳德真的和您在一起！这更加使我惊奇，因为就在星期三，就是他回帕克兰兹的那一天，我们接待了苏珊夫人最出人意料的也是最不受欢迎的访问，她看上去满面春风心情愉快，而且更像是她要回城与他结婚而不是要与他永远分道扬镳。她差不多待了有两小时，和以往一样可爱怡人，没有一个字，没有一点儿迹象表明他俩之间有任何分歧或是关系冷淡。我问她我弟弟已经到了城里她是否看见他了——并不像你所猜想的对此有所怀疑——而仅只是要看一看她的表情。她马上就回答，一点儿也不觉得难为情地说他非常好心，就在星期一拜访了她，不过她相信他现在已经回到了家中——真让人难以置信。

我们全家都非常高兴接受您的好心邀请，下个礼拜四我们还有我们的小不点儿们就要和您在一起了。愿上苍保佑！李金纳德到时候可别又进城去了！

我也希望我们能带上亲爱的弗里德丽卡一块儿去，但是我现在遗憾地补告您她母亲此次的使命就是把她带走；让那可怜的姑娘伤心的是，根本不可能把她留下。我根本不愿意放她走，她叔叔也一样；我们把好话说尽了也没用。苏珊夫人宣称因为她打算在城里待好几个月，如果她女儿不在身边她会很难过的，还有要请教师什么的。她的举止，说老实话，非常善良、得体——维尔农先生相信弗里德丽卡现在一定会得到关爱。我但愿我也能这么想！

那姑娘在被从我们身边带走时伤心欲绝。我嘱咐她要常给我写信，要她记住万一她要是有什么不幸发生，我们将永远是她的

164

朋友。我小心翼翼地避开别人去送她，因此我才能跟她说了这些话，因为我希望让她心里稍微感到好受一些。然而我心里不会好受的，除非我能进城看见她的情况，亲自做出判断。

我但愿前景会比现在显露的要好一些，我说的是那桩婚事，对此您在您的信的结尾已经宣布了您对此的期望。从目前的情况看未必如此。

您的

凯瑟琳·维尔农

尾声

这一场通信，由于其中某几位通信者的聚合，以及其他几位的分离，未能够再继续下去，这对邮政局的税收可真是一笔巨大的损失。从维尔农太太和她侄女的通信中几乎没有透露出什么东西能帮助我们了解内情，因为前者很快就从弗里德丽卡的信件的文体中觉察出，它们都是在其母亲的监视下写出来的，她因此搁置了一切特别的询问，直到她能够进城去亲自看个究竟，她不再写长信，而且也写得不那么勤了。

在此期间既已从她心直口快的弟弟那里打听到了足够的消息，他与苏珊夫人之间的那一切已经把后者在他心目中的位置降低得不能再低了，维尔农太太相应也就愈加焦急地要将弗里德丽卡从这样一位母亲手中弄出来了，她要将她置于自己的保护之下；因此虽然成功的希望很渺茫，她还是下定决心破釜沉舟要找机会征得她嫂嫂的同意来办成这件事。她在这件事上的焦虑使得她急不可耐地要早早地赶往伦敦去进行拜访；而维尔农先生——

这位仁兄，这是已经可以看得出来的，一辈子就是秉承别人旨意的——马上就发现有一桩房地产生意需要他前往处理。维尔农太太心事重重地，进城以后旋即登门拜访苏珊夫人；而她眼前这位是如此和蔼可亲谈笑风生，让她嫌恶至极，差点儿转身就走。苏珊夫人压根儿不提起李金纳德，一点儿也不感到内疚，反倒让对方感到很窘迫；她神采飞扬，看上去渴望马上对她的兄弟和弟妹尽可能摆出种种的殷勤姿态，表示她感觉到了他们的善良，以及很高兴和他们相聚。

弗里德丽卡也和苏珊夫人一样没有什么改变；直到此时，在她母亲面前，还是一样的拘谨，一样的胆怯，使得她的婶娘确证了她的情况并不舒心，证实了她要改变这种状况的计划是正确的。然而在苏珊夫人一方并没有显露出施行虐待的迹象。"詹姆斯爵士话题"的迫害已告结束——他的名字只提到一次，说他此刻不在伦敦；她的全部谈话都表明她现在只为她女儿的福祉和进步操心，用感激欣慰的措辞晓谕客人，弗里德丽卡现在一天天地变得越来越让家长称心如意了。

维尔农太太大为吃惊，简直不相信自己的耳朵。现在她知道了该怀疑什么了。她自己原来的观点一点儿也没有改变，仅只是在将计划付诸实践时恐怕困难更大了。第一个发生转机的希望来自苏珊夫人，问她她是否觉得弗里德丽卡现在的气色看起来还和在邱吉尔时一样好，因为她不得不承认有时候很怀疑伦敦是否对她完全相宜。

维尔农太太鼓励这种怀疑，直截了当地提出来让她侄女和他们一道回到乡下去。苏珊夫人简直无法表达她对于如此好心的邀请是多么理解，可是出于很多理由还不知道该如何与她的女儿分

166

手；因此，虽然她自己的计划还没能完全定下来，她担保用不了多久她自己完全有能力把弗里德丽卡带到乡下，断然拒绝了如此无可比拟的好处，结束了她的话。维尔农太太不管怎么样还是百折不挠地提出邀请，虽然苏珊夫人继续拒绝，然而她的拒绝在几天之后似乎有点儿不那么坚不可摧了。

那阵由一场流感引起的幸运的惊恐，决定了否则绝不会这么快就能够做出决定的事情。苏珊夫人的母性的忧虑苏醒得太强烈了，她将一切都置之度外，而只是考虑一定要让弗里德丽卡避开这场危险的流感。哪怕天下大乱搅成一锅粥呢，此刻她最担心的只是怕流感对她女儿的体质造成损害。就这样弗里德丽卡随着叔叔婶婶回到了邱吉尔村，三星期之后苏珊夫人宣布她和詹姆斯·马丁爵士成亲了。

这就让维尔农太太确证了当时仅仅是让她感到疑惑的事情，她本来是可能省去好多口舌用不着竭力敦促让弗里德丽卡往她那儿搬的，苏珊夫人无疑一开始就已经拿好主意了。弗里德丽卡这次来做客名义上说是六个星期；但是她的母亲，虽然写过一两封爱意绵绵的信邀请她回家，实际是非常乐意强使那整个团体同意她延长做客的时间，在后来的两个月中不再把她的不在跟前当作题材来写了，又过了两个月，就索性不给她写信了。

弗里德丽卡因此就在叔叔婶婶家扎了根，一直到某一天李金纳德·德·柯尔西能够与之交谈，能够听得进恭维话，能够被巧施妙计拖进一场与她的恋爱——这是要听其自然的，因为要有充足的时间让他压制下去对她母亲的爱慕，要等待他弃绝了未来的种种迷恋和对女性的厌恶，这一切可能要等十二个月才能见到分晓。其实对于一般人来说三个月也就够了，然而李金纳德的感情之恒长持久是不下于其热烈奔放的。

　　无论这第二次选择给苏珊夫人带来的是幸福，还是不幸——我看不出来怎么样才能探查出来——因为无论对于这个问题的哪一方面，谁能拿她的话当真呢？世人须得根据或然率去做出判断。她没有遇到任何障碍，除了她的丈夫，还有她的良心。

　　詹姆斯爵士似乎不仅是命中注定就该做傻事，而且看来运气还要更加糟糕。我因此且先将他按下不表，就让大家去向他表示怜悯吧，这是任何人都可以奉献的。而对于我本人来说，我承认我只能同情曼沃灵小姐，她来到城里置办衣服一掷千金，结果使自己沦为赤贫足足有两年整；她为的就是能把他搞到手，却眼睁睁地看着本应属于自己的东西被一个比她本人大十岁的女人诡诈地骗走了。

图书在版编目（CIP）数据

沙地屯／（英）奥斯丁著；常立，车振华译．—上海：上海三联书店，2014.5

ISBN 978-7-5426-4539-5

Ⅰ．①沙…Ⅱ．①奥…②常…③车…Ⅲ．①长篇小说－英国－近代②中篇小说－英国－近代 Ⅳ．① I561.44

中国版本图书馆 CIP 数据核字（2014）第 019255 号

沙地屯

著　　者／〔英国〕简·奥斯丁
译　　者／常　立　车振华
责任编辑／陈启甸　王倩怡
特约编辑／耿江秀　史会美
装帧设计／Metis 灵动视线
监　　制／吴　昊
出版发行／上海三联书店
　　　　　（201199）中国上海市都市路 4855 号 2 座 10 楼
　　　　　http://www.sjpc1932.com
印　　刷／北京鑫海达印刷有限公司
版　　次／2014 年 5 月第 1 版
印　　次／2014 年 5 月第 1 次印刷
开　　本／640×960　　1/16
字　　数／97 千字
印　　张／11.5

ISBN 978-7-5426-4539-5／I·817

定　价：20.00 元

世界名著名译文库
柳鸣九主编

第一辑

第二辑

屠格涅夫集　王守仁编选

　　01 猎人笔记　张耳译

　　02 父与子　张铁夫　王英佳译

　　03 贵族之家　刘若译

　　04 烟　王金陵译

　　05 阿霞——屠格涅夫中篇小说选　安静　臧安乐译

奥斯丁集　朱虹编选

　　01 傲慢与偏见　孙致礼译

　　02 理智与情感　孙致礼译

　　03 爱玛　孙致礼译

　　04 沙地屯　常立　车振华译

福楼拜集　谭立德编选

　　01 包法利夫人　李健吾译

　　02 圣安东尼受试探　李平沤　李白萍译

　　03 一颗简单的心——福楼拜中短篇小说选　李健吾　郎维忠　胡宗泰译

茨威格集　韩耀成编选

　　01 一个陌生女人的来信——茨威格中篇小说选　韩耀成等译

　　02 一颗心的沦亡——茨威格短篇小说选　韩耀成等译

德莱塞集　郑土生　董衡巽编选

　　01 嘉莉妹妹　许汝祉译

　　02 天才　主万　西海译

　　03 美国的悲剧　许汝祉译